L'ENFANT DU CIRQUE

Illustration de couverture : Studio Bayard
Getty Images / © Nina Leen

Ouvrage publié originellement par Rabén & Sjögren, Suède, sous le titre *Cirkusflickan*.
© 2010, Camilla Lagerqvist.
© Bayard Éditions, 2011 pour la traduction française.
18, rue Barbès, 92128 Montrouge Cedex
ISBN : 978-2-7470-3875-1
Dépôt légal : novembre 2011

Loi 49-956 du 16 juillet 1949 sur les publications destinées à la jeunesse
Reproduction, même partielle, interdite

Camilla Lagerqvist

L'ENFANT DU CIRQUE

Traduit du suédois par Ludivine Verbeke

MILLÉZIME

bayard jeunesse

Camilla Lagerqvist est née en 1967. Elle vit avec ses quatre enfants dans une petite ville de Suède. Elle est également journaliste. *L'enfant du cirque* est son premier livre traduit en français.

1

J'avais six ans quand ma maman m'a vendue à un cirque. Avec l'argent, elle s'est acheté un manteau en laine et une paire de gants en cuir. La directrice du cirque – madame Zénitha, Wilhelmina Pettersson de son vrai nom – a reçu en échange une fillette aux boucles blondes et au corps en caoutchouc, qu'elle pourrait transformer en acrobate. La transaction eut lieu un soir glacial de février 1917.

Assise dans la cage d'escalier, j'avais l'habitude d'attendre que maman rentre de son travail au restaurant. La fille du concierge, Brita, âgée de treize ans, gagnait quarante centimes par jour pour me surveiller. Elle finissait toujours par perdre patience au fil de l'après-midi et m'envoyait jouer dans la cour pendant qu'elle allait faire une course ; quelques heures plus tard, je l'entendais ricaner dehors en compagnie de garçons.

Il faisait froid dehors. Mes orteils me piquaient comme si un chat les mordillait. Mes bottines étaient bien trop grandes et maman y avait fourré du papier journal pour protéger mes pieds, mais cela ne changeait presque rien. Pour me distraire, je fabriquais de minuscules bonshommes avec la neige que le concierge avait déblayée et entassée dans la cour.

Je n'avais pas le droit de franchir la porte de l'immeuble, mais je sortais toujours me promener lorsque j'étais fatiguée d'attendre Brita. Je prenais garde aux fiacres et aux tramways, et je savais reconnaître au loin l'arrivée de chevaux. La plupart du temps, je restais dans les ruelles ; je m'aventurais parfois jusqu'à la place de la Criée. J'aimais autant que je détestais l'odeur qui enveloppait ce lieu comme un épais brouillard ; une odeur brute, aigre-douce, comme si la mer venait y mourir lentement.

Sur la place pavée en forme de demi-lune, j'assistais au marché : les vendeuses de poisson criaient dans la foule pour attirer les clients. Parfois, j'arrivais à temps pour descendre jusqu'au port et suivre l'arrivée des femmes de pêcheurs dans leurs bateaux à rames. Elles déchargeaient les nombreuses caisses de marchandises et les déposaient sur le quai ; la scène me fascinait. La pêche était parfois si fraîche qu'un poisson bondissait hors de sa caisse. Lorsque je m'apprêtais à saisir un de ces poissons frétillants, les gros matous de la place s'en emparaient avant moi. Assis, ils guettaient patiemment, et se ruaient en un clin d'œil sur le butin. S'ils se bagarraient en feulant et en poussant des cris de nourrisson, il se trouvait toujours un vendeur qui leur jetait de l'eau pour les faire fuir.

Toute cette agitation était comme une grande pièce de théâtre, et j'avais trouvé la meilleure place pour y assister : installée sur l'un des piliers du pont tout proche, je dominais la place de la Criée.

En hiver, mon ascension se compliquait, car l'étroit parapet était couvert de neige et de glace. Tantôt je rampais, tantôt j'avançais en équilibre. Je parvenais au sommet grelottante, mes collants trempés, les genoux gelés. Mais le spectacle en valait la peine ! La vue était encore meilleure que celle que l'on avait depuis le grenier de notre immeuble. Je pouvais voir jusqu'au bout du monde, là où le ciel et la mer se confondent en une même ligne bleue.

Je rencontrai madame Zénitha pour la première fois à la fin de l'automne. J'avais ôté mes chaussures et mes collants pour accéder plus facilement à mon promontoire. J'avançais prudemment sur le muret, le regard dirigé droit devant moi, lorsque j'entendis une voix derrière moi :

— Je n'ai jamais vu pareille funambule, et Dieu sait que j'en ai croisé beaucoup !

Je titubai légèrement, retrouvai l'équilibre, et parvins enfin sur la petite plate-forme. Je me retournai pour découvrir qui pouvait bien s'adresser à moi.

Depuis la butée, une femme rondelette me regardait. Elle contrastait avec le reste de la foule, composée essentiellement de gouvernantes envoyées au marché par leurs employeurs. C'était une dame raffinée, ça ne faisait aucun doute. Elle portait un magnifique chapeau orné de longues plumes blanches flottant au vent, et la couleur de sa robe me rappelait le ciel rougeoyant du crépuscule. Sa tenue était à couper le souffle, mais c'est son visage qui m'impressionna le plus : avec ses traits grossiers et un nez aussi large qu'une pomme de terre, on aurait dit celui d'un homme.

Elle me demanda de sauter pour la rejoindre. J'hésitai, mais elle ouvrit les mains avec tant de sollicitation que je me laissai aller. Elle me rattrapa dans ses bras. Ils étaient aussi forts que ceux du concierge.

Son attitude me surprit un peu : elle se mit à me toucher les cheveux et me complimenta sur mes boucles blondes. À mon soulagement, elle ne me demanda pas d'où je venais ni où j'habitais. Quelques jours plus tard, elle revint pour discuter, et notre rendez-vous près du pont devint une habitude. Bizarrement, elle n'achetait jamais rien au marché ; elle semblait plus intéressée par ma personne que par le poisson frais.

Un matin – je crois que c'était peu après les premières chutes de neige – elle vint frapper à notre porte. En la voyant, je rougis aussitôt et me figeai sur place ; je pensai qu'elle était venue révéler à ma mère ce que je faisais en son absence. Mais il ne s'agissait pas de ça. Elle se contenta d'entrer dans la cuisine en expliquant qu'elle avait une proposition intéressante à faire à ma mère. Celle-ci me demanda de sortir un moment dans la cour, et j'obéis à contrecœur.

La visite de madame Zénitha ne fut pas longue. En quittant l'immeuble, elle me salua gentiment. Cependant, maman ne semblait pas avoir apprécié cette rencontre ; le visage empourpré, elle dressa le couvert du dîner en faisant claquer les assiettes sur la table. Elle resta muette quant à la raison de cette visite, et je me gardai de poser la question.

Quelques semaines passèrent, et madame Zénitha revint. Cette fois, la visite fut plus brève encore, et, en rentrant de la cour où j'avais dû attendre, je vis que ma mère avait pleuré. Je voulus savoir ce qui s'était passé, mais je n'obtins pas de réponse. Elle plongea ses yeux dans les miens en me demandant si je me sentais bien avec elle, chez nous. Je la rassurai, et elle me serra fort dans ses bras. Lorsqu'elle relâcha son étreinte, mes cheveux étaient trempés de ses larmes.

Maman ne m'aurait probablement pas vendue sans l'accident. Au cours des années qui suivirent, je repensai souvent à cet épisode ; je m'en voulus longtemps d'avoir été si maladroite.

C'était peu après Noël. J'étais descendue en catimini sur la place de la Criée. Il avait fait bon la veille et la neige avait presque entièrement fondu, mais une nouvelle gelée rendait les rues aussi glissantes qu'un parquet ciré. Je n'avais pas l'intention d'escalader le pilier, mais j'aperçus une silhouette sombre et difforme au loin sur la mer. J'aurais dû rester prudente, mais ma curiosité l'emporta et je courus vers le pont. J'avançai sur la butée puis grimpai sur le parapet. Au bout de quelques pas, je dérapai. Je tentai désespérément d'agripper une prise, mais en vain. J'effectuai un vol plané puis tombai. La chute fut mauvaise, car je ne me souviens pas du reste de cette journée, ni du lendemain. Je sais juste qu'on dut me recoudre une entaille au-dessus de l'oreille droite avec onze points de suture, et que je m'étais foulé la main.

J'eus néanmoins de la chance dans mon malheur : j'étais retombée sur les pavés. J'aurais pu glisser de l'autre côté, et atterrir dans un mélange d'eau et de glace, sans espoir de m'en tirer vivante. Mais le pire, ce ne fut ni ma plaie brûlante à la tête ni ma main douloureuse, non, le pire, c'est que ma mère reçut de la visite.

Peu après l'accident, les Services de protection de l'enfance frappèrent à la porte. Un homme sévère, de grande taille, vêtu d'un pardessus noir, entra, accompagné d'une femme très maigre au long manteau, qui dégageait une forte odeur de désinfectant. Elles m'effrayaient, elle et son odeur. Depuis ma cachette sous le lit, je pouvais entendre leurs voix graves et sérieuses : d'après leurs informations, on ne s'occupait pas correctement de moi. Ils interrogèrent ma mère pour comprendre comment je m'étais retrouvée seule, livrée à moi-même. L'homme annonça qu'ils allaient peut-être me placer dans un foyer pour enfants. Je crus m'étouffer en entendant ces mots. Terrorisée, je ne pus retenir une envie pressante, et laissai l'urine chaude couler le long de mes cuisses.

Quelques jours plus tard, madame Zénitha revint frapper à notre porte. Après son départ, maman se comporta bizarrement, elle devint triste et contrariée.

Un soir de février, je compris qu'elle s'était décidée. Comme d'habitude, quand j'entendis les pas dans l'escalier, j'accourus pour aller à sa rencontre. Mais dans le couloir, à la place de maman, je découvris madame Zénitha.

Elle me sourit d'une façon peu engageante.

— Ellen, suis-moi, veux-tu ? dit-elle en me tendant la main.

2

L'appartement était plus spacieux que celui dans lequel je vivais avec maman. Plus spacieux, mais moins agréable.

Nous avions fait le chemin à pied entre les deux habitations. La marche avait duré plus d'une heure, la neige avait traversé mes bottines et transformé mes orteils en véritables glaçons. J'entrai dans le hall, grelottante. Maman me manquait si fort que mon corps tout entier me faisait mal. Ma lèvre inférieure tremblait, mais je n'osai rien dire. J'avais déjà reçu la main de madame Zénitha en pleine figure lorsque je m'étais arrachée à elle pour tenter de retourner chez moi en courant. Mon tympan en sifflait encore. Je restai donc aussi immobile que les piliers en pierre de la place de la Criée.

Madame Zénitha partageait l'appartement avec son frère Eskil et la femme de ce dernier, une danseuse française maigre qui toussait sans cesse.

— Je ne supporte pas ce climat, expliqua-t-elle avec un accent.

Elle étendit les bras et la peau s'étira sur ses clavicules saillantes. Je la trouvais mystérieuse, et je fixais avec admiration ses longs ongles vernis d'un rouge sang et sa chevelure brune qui lui tombait jusqu'aux fesses.

Son nom d'artiste était la Petite Fleur, mais j'appris que Fleur était son véritable prénom. Avec Eskil, surnommé « monsieur Formidable », ils occupaient la plus grande chambre.

Eskil n'était pas un personnage particulièrement énigmatique. Il semblait morne avec ses cheveux châtains et ses vêtements gris, à côté de Fleur et son apparence éblouissante. Il m'adressa un sourire, et je remarquai néanmoins qu'il avait des yeux aimables.

— Enlève tes chaussures, fillette, me dit-il, Fleur va faire chauffer de l'eau pour te préparer un bain de pieds.

Mais Fleur se contenta de passer devant lui, enveloppée dans son peignoir en soie rouge, en laissant échapper une sorte de « bah ! ».

Madame Zénitha et Eskil avaient une attitude totalement opposée. Tandis qu'elle répondait sèchement aux questions, Eskil adoptait un ton plus doux, plus sympathique. Elle était le café noir et amer, lui, la crème pour l'adoucir.

Je parvins enfin à délacer mes bottines, malgré mes doigts gelés et ma main endolorie, et madame me lança une paire de chaussettes trop grandes pour moi. J'ôtai mes collants trempés, les fourrai dans la poche de mon manteau, puis enfonçai mes pieds dans les chaussettes en laine chaude mais rêche. Mon nez coulait, je l'essuyai rapidement du revers de la main.

— Viens, je vais te faire visiter l'appartement ! s'exclama madame Zénitha en insistant solennellement sur les syllabes du dernier mot.

Je la suivis en reniflant. Ses bottines noires laissaient de petites flaques entre lesquelles je slalomais pour éviter de me mouiller les pieds.

La chambre d'Eskil et de Fleur était équipée d'un poêle en faïence. Deux lits étroits avaient été poussés l'un contre l'autre au milieu de la pièce, chacun bordé d'une chaise à barreaux en guise de table de nuit.

Madame Zénitha logeait dans la plus petite pièce, dont l'unique fenêtre était orientée au nord. L'odeur était étrange, douceâtre et confinée à la fois. Le papier peint aux fleurs roses et rouges était joli et bien assorti au plancher brun clair. À côté du lit, je découvris la chose la plus intéressante de la chambre : une table de toilette couverte de pots de maquillage et de flacons de parfum. Un long boa aux plumes blanches était drapé autour du miroir rond ; on aurait dit que ce serpent pouvait prendre vie à tout moment et se faufiler dans la pièce.

— C'est là que tu vas dormir, dit-elle en m'indiquant un divan miteux placé dans un coin.

La première nuit, je m'endormis en pleurant. J'avais l'impression de vivre un cauchemar dont je n'arrivais pas à sortir. Je sanglotai et reniflai jusqu'à ce que madame se dresse dans son lit et me menace de me donner une raclée si je ne me calmais pas.

— Pourquoi pleurniches-tu ainsi ? Tout ira bien ici ! Je vais bien mieux m'occuper de toi que ta maman. C'est aussi l'avis des Services de protection de l'enfance.

Je secouai la tête. Ses yeux devinrent alors noirs et petits comme ceux d'un rat, et elle me lança méchamment :

— Ta mère ne voulait pas de toi, tu entends ! Elle t'a vendue pour s'acheter un manteau en laine et une paire de gants en cuir.

Puis elle se retourna vivement ; le lit émit un énorme grincement. Elle ne tarda pas à ronfler, tandis que je restais éveillée, les yeux fixes, perdus dans l'obscurité. Je n'osais plus renifler, mais je souffrais toujours.

La simple prononciation du mot « maman » était douloureuse. J'essayais de le former avec ma bouche, mais ça me faisait trop mal. J'imaginais qu'un morceau de mon cœur avait été arraché, et sentais que le vide ne serait jamais comblé. Lorsque, par la suite, je dessinais un cœur sur la vitre embuée de la chambre, il était toujours mutilé.

Très vite, j'appris à ne plus pleurer devant madame Zénitha, même lorsqu'elle me pliait les jambes si brutalement vers l'arrière que j'avais l'impression qu'elles allaient se briser. Elle ne semblait pas remarquer ce que j'éprouvais, me traitant comme si j'étais une adulte. Souvent, sa voix avait les mêmes inflexions que celle des vendeuses à la criée. Cette voix suave qu'elle avait eue lors de nos premières rencontres sur le pont avait disparu à jamais.

Le deuxième jour, je dus commencer l'entraînement, bien que ma main n'eût pas vraiment désenflé. Madame Zénitha me montra un exercice d'assouplissement en étirant ses bras nus vers le haut ; sa chair blanche vibrait. Puis elle se pencha pour effleurer ses orteils et l'effort lui fit lâcher un pet. La détonation fut nette, et je dus me mordre la langue pour réfréner un éclat de rire. Je me concentrai pour imiter au mieux ses mouvements, le nez plissé pour ne pas sentir l'odeur nauséabonde qui s'était répandue dans la pièce.

— Ça suffit pour l'échauffement ! déclara-t-elle en levant une de mes jambes pour l'appuyer contre le rebord rugueux de la table de cuisine.

L'intérieur de mes cuisses me brûlait, mais je m'y habituai rapidement ; au bout de quelques semaines, je fus capable de plaquer ma jambe tendue contre mon visage. J'effectuais également d'autres exercices : les pirouettes, le pont et la roue. Aussi étrange que cela puisse paraître, les souffrances me faisaient du bien, car elles m'occupaient l'esprit et m'évitaient de penser à maman. Parfois, après plusieurs heures consécutives d'entraînement, Eskil intervenait afin que madame Zénitha m'accorde un peu de repos.

— Laisse la gamine tranquille, tu vas la rendre malade, disait-il.

Madame lui lançait un regard hostile, mais se pliait toujours à ses ordres car il était son frère aîné.

Eskil méritait amplement son surnom de monsieur Formidable, en tout cas au manège. Il était dresseur de chevaux et pouvait apprendre d'incroyables figures à ses six chevaux blancs. Durant l'hiver, il louait une écurie située au sud de la ville. Il s'y rendait chaque jour pour nourrir et abreuver ses animaux. Parfois, lorsque madame Zénitha était de très bonne humeur, j'avais le droit de l'accompagner pour l'aider à panser les chevaux. J'aimais poser la tête contre leur robe veloutée, cela me procurait du réconfort ; c'était comme me blottir dans les cheveux si doux de maman.

Fleur, quant à elle, n'admirait pas particulièrement ces bêtes.

— Tu les préfères à moi, se plaignait-elle souvent auprès d'Eskil, en allumant une cigarette.

Elle portait constamment un fume-cigarette à ses lèvres, et j'étais convaincue que c'était à cause de ça qu'elle toussait autant. Mais je me gardais bien de m'exprimer à voix haute. En fait, je ne parlais pas beaucoup ; j'avais appris qu'il valait mieux se taire.

Parfois, la nuit, je rêvais de m'échapper. Je m'imaginais quittant l'appartement à pas de loup, puis courant à toute vitesse jusque chez ma maman. Je retrouverais l'adresse, j'en étais sûre. Mais madame Zénitha devait lire dans mes pensées, car, un soir, elle me prit fermement par l'épaule et m'attira à elle avec une telle vigueur que je crus décoller du sol.

— Tu sais que ta mère s'est débarrassée de toi, hein ? Tu m'appartiens, désormais. Ne t'avise pas de fuguer, car je devrais appeler la police. Sais-tu ce que les policiers font des petites filles en fuite ? Ils les enferment dans un sous-sol et les laissent dépérir jusqu'à ce qu'il ne leur reste plus que la peau sur les os.

À ces mots, un frisson me glaça le corps. Mais je gardai espoir. Organiser mon évasion était mon rêve le plus cher ; je m'y consacrais lorsque tous étaient endormis. Allongée sur mon lit, j'élaborais les plans les plus fous. Ces projets étaient comme des cierges magiques dans l'obscurité : ils brillaient pour moi. Et par une froide nuit d'hiver, tandis que la mélancolie me rongeait le cœur, je décidai de m'enfuir pour de bon.

3

J'avais entendu la pendule sonner minuit puis une heure, mais je ne trouvais pas le sommeil. Le froid était si vif au-dehors que des fleurs givrées s'étaient dessinées sur les vitres. Les courants d'air glacé se faufilaient par les interstices des fenêtres et soufflaient sur moi en passant au-dessus de mon lit, mais je les sentais à peine, tant mon esprit était occupé par ma maman. Je devais certainement lui manquer autant qu'elle me manquait. Je l'imaginais qui m'attendait, assise à la fenêtre.

Je jetai un œil vers le lit de madame Zénitha. Elle ronflait bruyamment et sa poitrine se soulevait à intervalles réguliers ; elle était sans aucun doute plongée dans un profond sommeil.

Je rabattis doucement la couverture sur le côté puis me levai. Je restai un instant immobile pour m'assurer qu'elle dormait bien. Les ronflements continuaient ; soulagée, je me glissai dans le couloir.

Aucun bruit non plus ne parvenait de la chambre d'Eskil et Fleur, mais j'étais certaine qu'ils se réveilleraient lorsque j'ouvrirais la porte d'entrée. Je ramassai prudemment mes bottines et les chaussai. Je me rendis alors compte que j'étais simplement vêtue d'une chemise de nuit, mais c'était trop risqué de retourner récupérer mes collants et mon gilet dans la chambre. Je me contentai d'enfiler mon manteau par-dessus ma chemise. Mon bonnet et mes gants étaient rangés sur une étagère inaccessible, mais je réussis à attraper l'écharpe rouge d'Eskil, que j'enroulai autour de ma tête et de mon cou.

Une fois prête, j'avançai à pas feutrés jusqu'à la porte et posai les doigts sur la lourde clef enfoncée dans la serrure. J'attendis que ma main cesse de trembler, puis je tournai la clef aussi doucement que possible. Mais elle était très dure et je n'osai d'abord pas aller jusqu'au bout de la manœuvre. Je fis une nouvelle tentative en rassemblant toutes mes forces. La serrure cliqueta enfin et la clef tourna complètement. J'eus l'impression que le son avait résonné dans tout l'appartement. Je guettai, mais n'entendis aucun bruit hormis les ronflements de madame Zénitha. J'enfonçai la poignée, qui gémit comme un chat. Soudain, un bruissement parvint de la chambre d'Eskil et Fleur. Sans attendre, je me précipitai dans la cage d'escalier en laissant la porte de l'appartement grande ouverte.

Mes jambes dévalèrent d'elles-mêmes l'escalier. Je sautai les trois dernières marches et me propulsai audehors. Par chance, la porte d'entrée était entrouverte, calée à l'aide d'un bâton par un habitant qui attendait une visite nocturne. Au moment précis où je sortais dans la rue, des jurons résonnèrent dans la cage d'escalier. C'était madame Zénitha qui fulminait à l'étage.

Mon cœur palpitait, j'arrivais à peine à respirer. Je m'élançai dans le froid et l'obscurité. Les flaques gelées se brisaient sous mes pas, et l'eau pénétrait dans mes bottines. J'avais passé deux pâtés de maisons lorsque j'entendis des pas lourds derrière moi. Je me retournai et vis madame Zénitha courir à ma poursuite, son manteau voletant dans son dos comme une cape.

— Arrête-toi avant que le diable ne s'empare de moi ! cria-t-elle, ce qui eut pour unique effet de me faire accélérer.

Un peu plus bas dans la rue, je faillis tamponner un ivrogne qui titubait sur les pavés.

— Hé, fillette, tu te fais la belle ? bredouilla-t-il en levant la main comme pour me saluer.

— Arrêtez-la ! haleta madame Zénitha.

L'homme étira le bras, mais j'étais si rapide que je parvins à l'esquiver. Je continuais à courir. Je pus bientôt deviner l'eau sombre et scintillante au loin. La place de la Criée devait être proche, j'allais y arriver. Madame était toujours sur mes talons, mais je la distançais de plus en plus. Je pris un raccourci à travers une ruelle longée d'habitations en bois puis empruntai une rue transversale entre deux grandes maisons en pierre. Le bruit des pas derrière moi avait cessé.

Je m'arrêtai et appuyai ma tête contre la façade rugueuse d'une maison. J'essayais de respirer plus lentement, mais ma poitrine me brûlait, et, très vite, je me sentis transie. Les lampadaires rejetaient de longues ombres sur le sol et la nuit était emplie de bruits étranges. Je perçus des grincements et des craquements, et reconnus le bruit d'une porte claquée.

Un cri étouffé résonna entre les maisons, et je me recroquevillai aussitôt.

« Au secours. » Il s'agissait peut-être de loups-garous ! Brita, la fille du concierge, m'avait parlé de ces monstres velus et des cris qu'ils poussent lorsqu'ils cherchent leurs victimes. « Ils sortent à la pleine lune », m'avait-elle précisé. Je levai les yeux vers le disque brillant dans le ciel. Mes jambes tremblaient, mais je m'obligeai à continuer. Je trottai en direction de l'eau dans laquelle se reflétait la lune. Ce devait être la même eau que celle qui bordait la place de la Criée, pourtant je ne reconnaissais pas le quartier ! Le souffle coupé, je laissai monter mes larmes.

J'étais perdue. À ce moment, je sentis un mouvement derrière moi, et, avant même que je me retourne, une main épaisse se posa sur mon épaule.

J'eus envie de hurler, mais je ne pus pousser qu'un misérable gémissement.

— Chut, c'est moi. Tu n'as pas le droit de te sauver comme ça, fillette.

Je reconnus la voix d'Eskil, qui me prit dans ses bras. Je ne protestai pas, car le froid et la peur m'avaient presque paralysée. Je penchai la tête sur son épaule en fermant les yeux. Je n'allais pas retrouver ma maman ce jour-là. Peut-être ne la reverrais-je jamais. Soudain, tout le reste n'eut plus aucune importance. Ni l'avalanche de jurons de madame Zénitha, ni la gifle que je reçus, si violente que je sentis le goût du sang dans ma bouche, ne me touchèrent.

— Si tu recommences une seule fois, je te fourre dans un carton et je t'expédie vers un de ces cirques russes où tu serviras de repas aux tigres ! tempêta-t-elle.

— Calme-toi, maintenant, la gamine est là, rien de grave n'est arrivé, intervint Eskil.

Madame secoua la tête et croisa les mains si fort que ses articulations blanchirent. Je pensai à maman, à ses longs doigts qui me caressaient les cheveux. Je me souvins des soirs où elle s'asseyait à la petite table de cuisine pour écrire d'interminables lettres.

« C'est pour mes parents, ta grand-mère et ton grand-père, afin qu'ils sachent que tout va bien pour nous. C'est important de donner des nouvelles à ses proches », disait-elle en m'embrassant.

Ce souvenir était très net, et, soudain, j'eus un déclic :

— Où sont les lettres ? Ma maman m'a sûrement envoyé des lettres, affirmai-je.

J'avais si froid que j'arrivais à peine à bouger les lèvres. La colère disparut du visage de la directrice du cirque. Je la vis avaler plusieurs fois sa salive. Mais, sans croiser mon regard, elle secoua la tête et répondit :

— Non, je n'ai reçu aucune lettre pour toi.

4

Allée de l'Entrepôt, le 18 mars 1917

Ma chère Ellen adorée,

C'est la première lettre que je t'écris, mais dans mes pensées j'en ai composé plus qu'il n'y a d'étoiles dans le ciel.

Comme tu me manques ! Je ne dors plus, je passe mes nuits à me languir du bruissement de tes petits pieds sur le sol de la cuisine, et je rêve que tu viens te blottir contre moi.

J'ai attendu un peu avant de t'envoyer de mes nouvelles, car je ne voulais pas perturber ton installation dans ton nouvel environnement, chez madame Zénitha. Il faut que tu saches qu'elle m'a donné de l'argent afin que je m'achète un manteau pour l'hiver ; elle a remarqué que le mien est vieux et élimé. Mais je n'ai pas dépensé un seul centime de cet argent. J'ai tout placé dans un livret à ton nom, à la couverture noir brillant, que je garde précieusement. Il contient cent couronnes, rien que pour toi, Ellen !

Je comprends que tu m'en veuilles de t'avoir abandonnée ainsi, mais je n'avais pas le choix. Les Services de protection de l'enfance avaient l'intention de t'enlever à moi, et je me suis juré que jamais tu n'irais vivre dans un foyer.

Dès que j'obtiendrai un travail mieux payé et que je pourrai nous nourrir toutes les deux, je te promets de te ramener à la maison. Pour le moment, je dois me contenter du maigre salaire du restaurant, et, comme tu le sais, cela ne suffit pas. Pour gagner un peu plus d'argent, je vends ma ration de pain à l'un des clients du restaurant. Cela correspond à 250 grammes de farine blanche par jour, j'imagine que ses domestiques l'utilisent pour cuisiner les gâteaux et les brioches du dimanche. Mais ça m'est égal, je préfère le pain noir.

J'espère que vous ne serez pas soumis au rationnement. Les artistes du cirque sont des gens libres.

Je suis allée au cirque une seule fois, et je ne l'oublierai jamais. Ton père m'avait invitée peu après notre rencontre. Nous avions les meilleures places, devant, tout près de la piste. Le spectacle était magique. Tous ces artistes aux costumes splendides, dans des numéros époustouflants ! Je me souviens particulièrement d'une jeune équilibriste qui évoluait sur un cheval. Elle portait un ensemble bleu ciel scintillant, et chevauchait l'animal debout sur une jambe. J'ai souvent rêvé d'être à sa place. Mon rêve se réalisera peut-être le jour où ce sera toi, Ellen, sur le dos du cheval. Imagine-toi, sous les feux des projecteurs, encouragée par le public ! Je souhaite que tu réussisses, et que tu n'aies jamais à laver la vaisselle des autres au point d'en avoir les mains rouges, fripées et couvertes de plaies.

Ne t'inquiète pas, ma petite Ellen. Je suis sûre que les choses vont s'arranger. Je veux que tu saches que je fais de mon mieux pour améliorer ma situation et pouvoir te ramener à la maison.

En attendant, je t'envoie des milliers de tendres baisers. Je t'aime et tu me manques terriblement.

Je t'embrasse fort,
Ta maman.

5

L'hiver laissa progressivement place au printemps, et madame Zénitha jugea qu'il était temps de rassembler la troupe. C'était très excitant ! Et, pour la première fois depuis mon arrivée chez madame, j'attendais un évènement avec impatience.

Quelques jours plus tard, je rencontrai enfin les membres de la troupe. Ils arrivèrent tard le soir, trop tard pour des gens convenables, comme aurait dit maman. Mais les artistes du cirque semblaient suivre un rythme particulier, marqué par de longues veillées, des nuits bien remplies et des grasses matinées se prolongeant parfois jusqu'à midi.

La directrice m'avait demandé d'aller me coucher, mais, lorsque j'entendis plusieurs voix inconnues dans la cuisine, je me levai discrètement. La fumée qui s'échappait de la pièce était aussi épaisse que la brume planant sur la place de la Criée. Je distinguai des rires joyeux et le tintement de verres entrechoqués. J'approchai à pas feutrés pour assister à la scène.

Sur le canapé, madame Zénitha était vêtue d'une imposante robe rose éclatante de perles et de paillettes. À côté d'elle était assis un homme de grande taille aux cheveux bruns et à la moustache tombante. À l'extrémité, un tout petit personnage avait réussi à se ménager une place. Je le trouvai amusant, avec ses oreilles décollées et un œil qui semblait constamment fixer le plafond. Je distinguai le profil d'une jeune femme assise sur une chaise. « Ce doit être une vraie princesse », pensai-je en admirant sa longue chevelure rousse qui tournoyait en larges boucles sur son dos. Son teint avait la couleur d'une coquille d'œuf, et ses lèvres le rouge d'une belle pomme. Elle était d'une beauté à couper le souffle.

Eskil, Fleur, et un individu blond aux larges épaules me tournaient le dos.

— Qui est-ce ?

L'homme à l'œil bizarre me désignait du doigt ; je sursautai et me cachai rapidement derrière la porte.

— Ellen, nous t'avons vue, viens ici, dit madame Zénitha avec son habituelle rudesse.

J'avançai dans l'entrebâillement en frissonnant dans ma chemise de nuit légère.

— Mesdames et messieurs, je vous présente mon adorable Ellen.

Elle s'attarda sur ces mots comme si elle déclamait la réplique d'une pièce de théâtre. Je fis une révérence maladroite, et madame me fit expressément signe d'approcher.

— Ellen, montre-nous ce que je t'ai appris !

J'obéis et fis le grand écart devant nos visiteurs, puis je me penchai vers l'avant pour plaquer mon buste au sol.

Tous applaudirent vivement et le petit homme à l'œil bizarre envoya des baisers dans l'air avec ses mains en criant :

— *Bravissimo*, quelle enfant prodige !

— Attendez, attendez !

La directrice du cirque Formidable leva la main avec autorité :

— Eskil, va chercher la corde que tu utilises pour tes chevaux !

Eskil s'exécuta et madame en profita pour placer deux chaises l'une en face de l'autre, à cinq mètres d'écart environ. Elle arracha la corde des mains d'Eskil et en noua chaque extrémité à un dossier de chaise, de sorte que la corde était en travers de la cuisine, puis elle ordonna à Eskil et Fleur de s'asseoir. Les invités me regardaient avec impatience. Quand je me mis à tousser à cause de l'épaisse fumée, ils éteignirent leurs cigarettes sur-le-champ. Madame me prit par la taille et me souleva pour me poser sur la corde. Je restai immobile un instant pour trouver mon équilibre. Une fois stabilisée, je commençai à marcher prudemment. J'étais si concentrée que je remarquai à peine que le chanvre rêche me brûlait la plante des pieds. J'effectuai deux allers et retours sous un tonnerre d'applaudissements et de cris admiratifs.

C'est donc ce soir-là, au deuxième étage de la rue Odin, que je présentai mon premier numéro, le premier d'une longue série.

Le printemps fut précoce. Il faisait déjà si chaud au mois d'avril que l'on pouvait sortir jambes nues. Je me débarrassai de mes sous-vêtements en laine et de mes collants épais pour profiter du soleil.

À présent, je connaissais bien les autres membres du cirque Formidable. L'homme à l'œil bizarre s'appelait Carlos et avait été jongleur. Son numéro avec des poignards, qui exigeait une concentration absolue, l'avait rendu célèbre. Mais, un soir de juillet, il avait aperçu une jolie femme dans le public. Un seul regard avait suffi. L'espace d'une seconde, Carlos avait été distrait et il avait manqué un des poignards affûtés qu'il venait de lancer. Au lieu que le manche atterrisse dans sa main, la lame était venue se planter tout droit dans son œil gauche. Cet épisode avait mis fin à sa carrière de jongleur, mais

Carlos avait trouvé un nouveau moyen de subsistance : il était désormais Pepino le clown, et pouvait pousser les spectateurs les plus sérieux à se tordre de rire. Il avait certes perdu de sa beauté, mais il exerçait sur les femmes autant de séduction que lorsqu'il était jongleur, peut-être même davantage. Comme disait mon idole, Mary Magnificence :

– L'humour est la qualité la plus attirante chez un homme.

Avec ses longs cheveux roux, Mary était non seulement la plus belle femme que j'avais jamais rencontrée, mais aussi la plus intrépide. Elle était trapéziste et évoluait d'un trapèze à l'autre en effectuant des sauts périlleux. Pour le final, elle s'élançait droit dans les airs, réalisait une succession de saltos et de vrilles, et retombait au sol dans les bras de son partenaire, Enrico Superfino.

Enrico – de son vrai nom Erik Lindström – était originaire du sud du pays ; il partageait une roulotte avec Mary. On les surprenait parfois en train de s'embrasser dans un coin du camp. Erik avait un physique typiquement suédois : il était grand, blond, et ses joues étaient toujours rouges. Il me rappelait un de ces lutins qui décorent les vitrines à Noël. Il ne s'intéressait pas aux enfants et faisait à peine attention à moi. Mary était différente. Elle m'emmenait partout, me montrait de nouvelles techniques et m'apprenait à échauffer mes muscles pour atténuer les courbatures. Elle se sentait peut-être flattée par l'admiration que je lui vouais, ou bien elle se souvenait simplement ce que c'était que de rejoindre un cirque aussi jeune. Sa maman l'avait abandonnée à une troupe alors qu'elle avait trois ans. Quinze ans plus tard, Mary comptait parmi les trapézistes les plus doués d'Europe. Mais, comme elle le répétait, le prix à payer était élevé.

— M'entraîner, m'entraîner, m'entraîner, manger léger, et m'entraîner encore avant d'aller se coucher. Voilà à quoi ressemblent mes journées depuis que j'ai commencé le cirque.

Elle souriait en disant cela, et les taches de rousseur sur ses joues s'élevaient pour former de petites fleurs. Cependant, ses yeux semblaient étrangement vides.

Il y avait aussi Aldo Biscotto, Allan de son vrai nom. Il portait probablement le même nom de scène que des dizaines d'autres artistes à l'époque. Allan était fort, très fort : il pouvait soulever à la force de ses bras un des chevaux d'Eskil. Il était la gentillesse incarnée et je l'aimais beaucoup. Je n'étais pas la seule : j'avais remarqué que madame Zénitha ne restait pas insensible à son charme. Quand il était invité chez nous, elle se maquillait excessivement, avec du fard à paupières noir et du rouge à lèvres criard, sans parler du parfum dont elle s'aspergeait. J'avais souvent du mal à dormir après qu'Allan nous avait rendu visite, car le parfum restait en suspension dans l'air, me provoquait des maux de tête et me faisait tousser.

Un de ces soirs où l'odeur était plus forte que jamais, j'entrebâillai la fenêtre pour aérer un peu la pièce.

Madame Zénitha et Allan était assis dans la cour sur un banc. Leurs voix ricochaient sur les murs en pierre et parvenaient jusqu'à moi amplifiées.

— Et la gamine, où l'as-tu trouvée ?

La voix d'Allan était grave.

— Trouvée, c'est le terme exact !

Le rire tonitruant de madame ricocha contre les murs.

— Elle était assise en haut d'un pilier. Elle était ravissante, un peu sale, certes, mais belle à croquer avec ses magnifiques cheveux bouclés. Et agile, avec ça.

— Mais sa famille, alors ?

Allan semblait préoccupé.

— Elle vivait seule avec sa mère, mais elle ne pouvait pas s'en occuper. La pauvre fillette traînait dehors, livrée à elle-même. Elle a fait une mauvaise chute et il a fallu l'emmener à l'hôpital. Quant au père, il a disparu.

Elle se racla la gorge.

— Ce malotru est d'une famille riche. Il a dû se marier à une autre femme, plus jolie, et a refusé d'entretenir un lien avec l'enfant.

— Pauvre petite, sans père ni mère, désormais...

La compassion exprimée par Allan me brûla la poitrine.

— Eh bien, elle m'a, moi ! Je suis sa nouvelle maman ! répliqua vivement madame Zénitha.

La conversation était terminée, mais elle continuait de résonner dans ma tête. Ça cognait dans mes tempes, j'avais le crâne prêt à exploser. Je n'arrivais plus à faire apparaître le visage de maman, mais je me souvenais de ses caresses et de sa voix si douce. Je plongeai la tête dans mon oreiller, et éclatai en sanglots.

6

Je m'habituais de mieux en mieux à ma nouvelle vie, mais je rêvais souvent que maman venait me chercher et que nous traversions la ville pour retrouver le confort de notre foyer. Lorsque je me réveillais et découvrais la réalité, je ressentais un vide immense, et le monde derrière ma fenêtre était triste et gris.

Depuis ma tentative d'évasion, j'étais surveillée en permanence. J'avais compris que maman habitait de l'autre côté de la ville, et que j'étais incapable de m'y rendre seule. J'étais convaincue en outre que madame Zénitha mettrait ses menaces à exécution et me jetterait dans la cage des tigres à la moindre fugue. En revanche, je ne croyais pas que maman m'avait oubliée, comme le prétendait madame. J'étais sûre qu'elle m'écrirait et je guettais impatiemment le courrier. Mais, à chaque fois qu'il arrivait, madame secouait la tête en disant :

— Pas de lettre pour toi aujourd'hui.

Nous nous entraînions désormais dans un manège que madame louait à un marchand de chevaux. Quelques heures par jour étaient réservées aux exercices de souplesse. Madame étirait et tordait mon corps jusqu'à ce que la douleur devienne insupportable. Elle savait qu'un petit corps d'enfant pouvait se modeler à souhait.

Au bout de quelque temps, Fleur, qui s'était épanouie depuis l'arrivée du printemps, dut également s'impliquer dans ma préparation. Danseuse de formation, elle avait reçu pour tâche de m'enseigner les bases du ballet classique. Pendant les séances, elle me parlait toujours en français, mais j'appris assez rapidement le sens des mots. Les première, deuxième, troisième, quatrième et cinquième positions se gravèrent dans mon cerveau ; j'étais à présent capable de les exécuter sur commande, même dans le désordre.

Ce que je préférais, c'était monter les chevaux d'Eskil. J'aimais particulièrement une jument du nom de Lapoma. Elle était blanche et svelte comme les autres chevaux, mais bien plus belle : son encolure était majestueuse, sa crinière immaculée, et ses yeux noirs brillaient d'intelligence. J'avais le sentiment qu'elle comprenait tout ce que je lui disais. Une fois que je fus en confiance, Eskil m'apprit à me tenir debout sur le dos de Lapoma. Il la fit partir au pas et, les jambes tremblantes, je me levai doucement. Très vite, je me sentis à l'aise, mais Eskil ne modifia pas la cadence de la jument. Lui-même était capable de rester debout sur deux chevaux au galop ; un pied sur chaque selle, il se tenait tel un roi sur les animaux qui tournaient inlassablement autour de la piste.

Mary était moins présente à cette époque, Eskil m'expliqua qu'elle s'entraînait avec Erik dans un entrepôt près du port.

Madame Zénitha, quant à elle, était très occupée par les préparatifs de la saison. Je ne sais pas exactement en quoi consistaient ses tâches, mais, un jour, j'eus le droit de l'accompagner à la station de télégraphe, située en bas de la ville.

C'était la première fois que je pénétrais dans ce lieu, qui m'impressionna beaucoup. Le télégraphe était installé dans un magnifique bâtiment en pierre. En me baissant pour toucher le sol de marbre brillant, je remarquai qu'il était parfaitement lisse. Sur une des dalles grises, je distinguai une sinuosité allongée, que je suivis avec l'index.

— Ne touche pas ! C'est l'empreinte d'un animal préhistorique ! s'écria madame en me relevant brusquement.

Un animal préhistorique ! Je me délectai de ces mots. Qu'était-ce donc qu'un animal préhistorique, et, surtout, comment avait-il pu laisser une empreinte sur le sol de la station de télégraphe ? Je n'obtins aucune réponse à ces questions, car madame m'entraîna avec elle derrière deux lourdes portes en chêne.

L'odeur du bois se mêlait à un doux parfum. Deux bancs étaient disposés dos à dos au milieu de la pièce oblongue ; sur l'un, toutes les places étaient prises, tandis que l'autre était juste occupé par un couple âgé. La dame se cramponnait à un grand sac à main en regardant autour d'elle d'un air méfiant, comme si elle craignait qu'on le lui vole.

Madame Zénitha bomba le torse et se dirigea vers un guichet fermé, contre lequel elle toqua résolument. Le guichet s'ouvrit et une femme au teint hâlé la dévisagea avec nervosité à travers ses lunettes fichées au bout du nez.

– Je voudrais entrer en communication avec le 542 à Uppsala, déclara madame.

L'employée hocha la tête et referma le guichet. Madame me tira par le bras et nous nous assîmes sur un des bancs, en laissant un espace entre nous et la dame au sac.

Tandis que nous patientions, le guichet s'ouvrait à intervalles réguliers et la standardiste annonçait : « 233 à Ockelbo, cabine numéro deux », « 712 à Kilafors, cabine numéro un »… Aussitôt, un client se levait et disparaissait dans une cabine. Lorsque ce fut notre tour, madame m'ordonna de l'attendre devant la cabine numéro cinq. Mais j'étais si curieuse que j'observai la scène à travers une fente dans la porte. Je vis madame parler dans l'imposant combiné, en agitant énergiquement les mains.

Par la suite, elle se rendit plusieurs fois à la station de télégraphe, mais je n'eus plus le droit de l'accompagner. L'entraînement, rien que l'entraînement, m'attendait. Fleur s'occupait désormais de ma préparation en même temps qu'elle s'entraînait elle-même.

— *Regarde-moi, la môme!* me disait-elle en français.

Quand elle exécutait une pirouette, son tutu blanc se soulevait, laissant apparaître ses sous-vêtements en soie blanche. Je tentais de l'imiter, mais sans y parvenir vraiment. Ses «bah!» flottaient dans l'atmosphère; en revanche, elle était satisfaite de la capacité de mon corps à s'étirer.

— Bravo! s'exclamait-elle, et elle applaudissait en faisant cliqueter ses ongles rouges.

Quelques semaines plus tard, on devina qu'un changement se préparait. Fleur avait totalement abandonné le suédois. Elle s'exprimait en longues tirades françaises et ses doigts aux longues griffes s'agitaient dans tous les sens. Même madame Zénitha était euphorique, et en même temps si tendue que je pouvais recevoir une gifle sous n'importe quel prétexte. Il suffisait d'un faux pas de danse ou d'une chute en pleine acrobatie pour qu'elle m'envoie le plat de sa main en pleine figure.

Aux premières heures d'un matin printanier, madame annonça que le moment était venu. Eskil et Fleur étaient partis quelques jours auparavant, et nous allions prendre le train pour les rejoindre à Uppsala. Nos bagages étaient prêts : deux grandes valises, deux cartons à chapeau et un grand sac de voyage. L'une des valises contenait les vêtements que madame avait commandés pour moi à une couturière installée en ville. Je m'étais rendue dans son atelier pour y faire les essayages, et j'avais connu à la fois les piqûres d'épingles et la douleur des gifles, car je n'arrivais pas à rester immobile. Mais ça en valait la peine parce que mes tenues étaient splendides. Dans la robe rose à la ceinture pailletée et au jupon de tulle, je ressemblais à une princesse. J'avais également un costume de cavalier en soie blanche et aux galons rouges, le même que celui d'Eskil.

Je n'étais jamais allée à la gare ferroviaire, qui était pourtant située dans les environs de la place de la Criée. À ma grande surprise, je découvris que c'était un lieu plus fascinant encore que la place.

Elle semblait toucher le ciel : on voyait passer les nuages à travers les vitres rondes du toit. À l'intérieur du grand hall, les voyageurs grouillaient comme dans une gigantesque fourmilière. Certaines dames arboraient des coiffes extravagantes, tandis que les messieurs portaient des chapeaux hauts comme des cheminées. « Quelle foule ! pensai-je, émerveillée.

— Ne reste pas plantée là ! Aide-moi, plutôt !

Madame me pinça violemment l'oreille et j'attrapai aussitôt un carton à chapeau et le sac de voyage qu'elle avait déposés à ses pieds pendant qu'elle achetait nos billets.

7

Je n'oublierai jamais la première fois que je suis entrée sur la piste. Il suffit que je ferme les yeux pour en sentir l'odeur, une odeur très spéciale que je décrirais aujourd'hui comme un mélange de sciure de bois, de talc, de lampe à pétrole, de sueur et de vieille toile de tente. Mais, à l'époque, c'était tout simplement l'odeur du cirque.

Allan nous accueillit à la gare, accompagné du cheval de trait Sergio, ainsi nommé en hommage à un jongleur mort renversé par un tramway. J'écoutai à peine le récit que nous faisait Allan à propos de cet artiste malchanceux, car j'étais fascinée par ce qui m'entourait. J'ignorais qu'il existait des villes aussi grandes, et qu'autant de gens pouvaient vivre au même endroit.

Des tramways blancs passaient en trombe devant nous. Sur les trottoirs, des dames aux chapeaux excentriques croisaient des mamans poussant des landaus ; l'une d'elles m'apparut grande et mince, avec des cheveux blonds bouclés. De dos, elle ressemblait exactement à ma maman. Je me levai frénétiquement pour me pencher sur le côté de la voiture, mais, en doublant la passante, je vis à mon grand désespoir que ce n'était pas elle. Je m'effondrai sur le siège, envahie par un grand vide.

— Regarde, c'est le château ! Il paraît qu'on y enferme de jeunes enfants pour les montrer ensuite aux visiteurs, ricana madame en me donnant un brusque coup de coude.

Surplombant la ville, le château rouge, aux tours arrondies, semblait en effet sinistre. Ma respiration s'accéléra.

— Wilhelmina, je t'en prie, sois gentille avec la gamine, dit Allan en lançant à madame un regard sévère. J'ai entendu dire que le préfet Hamilton, par ailleurs très aimable, habite dans ce château et qu'il n'a absolument rien contre les enfants.

Madame grogna bruyamment puis se tut durant le reste du trajet.

Le chapiteau était monté dans un grand pré du quartier Salabackar. Madame avait demandé à ce qu'il soit prêt la veille de notre arrivée. Les roulottes, amenées par Erik et Allan, étaient joliment disposées derrière le chapiteau.

Lorsque je découvris la toile tendue sur les mâts, je me sentis comme une princesse ; le chapiteau était mon château. Madame m'avait laissée à l'entrée, et je me retrouvai seule sur la piste. Les lampes à pétrole accrochées au toit produisaient de faibles lueurs. Là-haut, au sommet de la toile bleue curieusement asymétrique, étaient suspendus les trapèzes et deux échelles de corde. Je fis un tour de piste en courant, et la sciure tourbillonna sous mes pieds. Derrière le bord de la piste, qui m'arrivait à la taille, des bancs et des chaises étaient disposés pour les spectateurs. Soudain, il me prit une lubie : j'effectuai quatre révérences. J'entendis alors un frappement régulier. Quelqu'un applaudissait ; effrayée, je me retournai.

Je perçus un *swish, swish*. Un étrange petit personnage venait d'enchaîner une série de sauts périlleux, et il se tenait à présent à quelques mètres de moi. Il portait un veston rapiécé trop grand pour lui, et une abominable paire de bottillons démesurés. Son chapeau, qui était tombé dans la sciure, était l'élément le plus drôle de son accoutrement. C'était un haut-de-forme, mais il était froissé et le sommet était déchiré ; un petit oiseau surgissait à travers l'ouverture effilochée.

Le personnage remit son chapeau tandis que j'observais son drôle de visage. On aurait cru qu'il avait mélangé le contenu de tous les pots de maquillage de madame Zénitha pour s'en tartiner la figure. Soudain, il jeta son chapeau au sol, bondit, réalisa une culbute, puis trébucha de côté et retomba involontairement en grand écart.

Je bouillonnais d'une joie irrésistible, et mon rire résonna dans le chapiteau.

– Eh bien, on dirait que l'enfant prodige a aimé mon numéro, dit le clown en m'adressant un clin d'œil.

– Carlos, je ne t'avais pas reconnu ! m'écriai-je en le dévisageant avec admiration.

– Mais, fillette, ce n'est pas Carlos. Je suis Pepino, le clown !

Il exécuta un salut si bas qu'il se cogna le front contre le sol, et je m'esclaffai à nouveau.

– Ellen ! Ne reste pas là à rire bêtement, viens te changer !

La voix stridente de madame Zénitha avait traversé la piste. Carlos mima une peur exagérée et rejoignit l'entrée ; je ne pus m'empêcher de pouffer en le voyant se déhancher comme un canard. Les pas de madame étaient si lourds qu'ils creusèrent un sillon dans la sciure. Elle me saisit par le bras et me poussa brutalement à l'extérieur du chapiteau.

– Voici ma chambre, c'est là que tu dormiras, m'expliqua-t-elle en désignant de la tête une roulotte en bois rouge et au toit noir.

Sur les parois était inscrit *Cirque Formidable* en lettres bleues. Madame ne me laissa pas le temps de visiter l'intérieur. Elle m'entraîna parmi d'autres roulottes de couleurs variées, puis s'arrêta devant une petite tente dissimulée derrière le grand chapiteau.

— Voilà le vestiaire, c'est ici que les artistes se changent. J'ai demandé à Mary de te lire le règlement.

Sur ces mots, elle m'abandonna devant la double entrée de la tente. Mary passa alors sa tête dans l'entrebâillement de la toile :

— Ah, te voilà ! Entre !

Voyant que je fixais les deux panneaux en bois accrochés au-dessus de l'entrée, elle en désigna un du doigt :

— Il est écrit *Dames*, ce qui signifie que les filles se changent de ce côté. Sur l'autre panneau est inscrit *Messieurs*, pour les garçons.

Je la suivis sous la tente, dans le vestiaire pour dames. L'espace était confiné, et meublé d'un grand miroir posé dans un angle. Ça sentait la sueur, et le talc que Mary était en train de déposer sous ses ballerines. Je n'eus pas le droit de porter ma robe de princesse, madame en avait décidé ainsi. À la place, je dus enfiler un costume en soie bleu clair qui me donnait l'air d'un bébé.

— Tu pourras bientôt mettre ta belle robe, ne t'inquiète pas, me consola Mary. Madame est bien trop avare, elle ne dépenserait pas d'argent pour une chose inutile.

Fleur, qui était également présente, ne prononçait pas un mot. Elle était occupée à se regarder dans le miroir et à se poudrer les joues avec une énorme houppe.

— Ne me dérange pas ! protestait-elle en levant la main dès que je posais une question.

— Les grands artistes ont besoin de se retrouver seuls avant une représentation, me souffla Mary sur un ton théâtral. D'ailleurs, il faut que je te lise le règlement.

Elle me montra un grand tableau fixé au toit de la tente. Elle se racla la gorge et lut les différents articles d'une voix grave :

— « 1. Les dames et les messieurs doivent être prêts dans le vestiaire une heure avant le début de la représentation.

2. Tous les artistes doivent apparaître dans un costume complet et propre, et, pour les numéros qui l'exigent, porter des tenues assorties les unes aux autres.

3. Avant et après la représentation, les messieurs n'ont pas le droit d'entrer dans le vestiaire des dames, ni les dames dans celui des messieurs.

4. Disputes, querelles ou bagarres sont interdites. Les artistes n'ont pas le droit d'introduire des boissons alcoolisées dans les vestiaires.

5. Les artistes n'ont pas le droit d'être ivres pendant la représentation.

6. Les musiciens doivent être en place une demi-heure avant le début de la représentation.

7. Tous les artistes masculins doivent contribuer au montage, au démontage, au chargement et au déchargement du cirque.

Toute infraction à l'une de ces règles sera punie d'une amende prélevée sur le salaire de la soirée. »

Le tableau était signé par madame Zénitha et Eskil. À la différence de certains, je n'eus pas de difficulté particulière à respecter le règlement.

La première véritable représentation de ma vie d'artiste eut lieu un mercredi du mois de mai, dans un pré à Uppsala. Comment décrire ce que l'on ressent sous les feux des projecteurs ? Avant d'entrer sur scène, tandis que j'attendais derrière le rideau en velours rouge, le dos appuyé contre la toile froide du chapiteau, je crus que j'allais vomir tous mes repas de la journée.

— Mesdames et messieurs, je vous présente le petit ange du cirque Formidable, Elisaveta, l'enfant prodige !

Madame me poussa brusquement sur la piste tandis que mes jambes en compote me portaient péniblement. Le nom d'Elisaveta résonnait dans ma tête. Personne ne m'avait prévenue que j'aurais un nom d'artiste ! Puis, quand je me retrouvai là, au milieu de la scène, l'excitation monta et mes oreilles bourdonnèrent. La sensation était magique, j'avais l'impression d'être quelqu'un d'exceptionnel.

J'effectuai quelques pas de danse que Fleur m'avait appris, puis Carlos, qui n'était pas encore grimé, apporta un tapis rouge épais. J'enchaînai avec des figures de contorsionniste : je pliai le dos et passai la tête entre les jambes, retombai en grand écart puis plaquai le buste au sol. Je reçus un tonnerre d'applaudissements. Depuis les coulisses, madame Zénitha me fit signe de me dépêcher, alors je saluai le public et courus au vestiaire.

Je transpirais dans mon costume qui me collait à la peau, mais je réussis à me changer en quelques minutes. Je voulais voir Eskil faire son entrée avec les chevaux. Ceux-ci étaient incroyablement beaux, coiffés de leurs couronnes de plumes bleu clair. La foule retint son souffle, je fis de même.

Eskil enfourcha un cheval, le guida sur la piste et se mit debout avec assurance. Puis il murmura un ordre bref. Lapoma vint se placer à ses côtés. Eskil posa alors un pied sur le dos de l'animal et se retrouva en équilibre sur les deux chevaux, qui accélérèrent sous les acclamations du public.

Ce fut ensuite mon tour. J'avais enfilé mon costume blanc de cavalier, la copie de celui d'Eskil. Il me tendit la main et me hissa sur le dos du cheval, devant lui. Nous fîmes un tour de piste ensemble, puis Eskil descendit et me laissa seule. En tremblant, je me levai et tendis une jambe vers le haut comme je l'avais appris. Lorsque les applaudissements cessèrent, je me rassis et suivis les chevaux hors de la piste.

Après la représentation, tous les artistes me félicitèrent, à l'exception de madame Zénitha, qui estima que ma prestation avait été moyenne. Nous étions réunis dans la roulotte de Carlos, la plus spacieuse. Il avait encore de la poudre blanche à la racine des cheveux et sur les sourcils, ainsi que du noir au coin des yeux ; tous les autres étaient soigneusement démaquillés. Ces visages nus semblaient étranges à la lumière de la lampe à pétrole. L'atmosphère était chaleureuse et intime, la troupe était joyeuse et trinquait au succès de ce premier spectacle. J'eus le droit de boire un petit verre de bière, que je sirotai lentement.

Soudain, on frappa à la porte. Fleur, qui était la plus proche de l'entrée, appuya sur la poignée pour ouvrir. Elle poussa un cri aigu en découvrant le visiteur.

8

Allée de l'Entrepôt, le 18 mai 1917

Ma petite Ellen adorée,

J'espère que tout va bien au cirque. J'ai appris que vous étiez partis en tournée, et, si je ne me trompe, vous vous produisez actuellement à Uppsala. Je pense à toi jour et nuit.

Ici, peu de choses ont changé. Le rationnement du café rend le concierge bougon. Lui qui a pour habitude d'en avaler des litres, il doit maintenant se contenter du succédané, mais, d'après ce qu'il m'a confié, ça lui provoque des aigreurs d'estomac.

Ma sœur, ta tante Karin — dont tu ne te souviens peut-être pas, tu étais si jeune la dernière fois que tu l'as vue —, a trouvé une place de domestique à Stockholm. Elle porte une robe noire élégante assortie d'un tablier amidonné.

Elle m'a raconté ça dans une lettre avec laquelle elle m'a envoyé cinquante couronnes, que j'ai mises de côté dans une boîte du placard. Je vais les garder jusqu'à ton retour. Je te préparerai une grande fête, tu verras, avec des beignets et de la limonade !

Je t'ai dit que rien n'avait vraiment changé, mais ce n'est pas tout à fait le cas. Depuis quelques jours, j'ai une pensionnaire. Elle loge dans un carton du cagibi et semble se plaire ici. C'est une petite pie. Je l'ai appelée Cendrillon parce que je sais que tu aimes ce conte. Un matin, j'ai entendu des cris épouvantables en bas, alors je suis descendue en courant pour voir ce qui se passait. Elle était posée sous le sorbier, ébouriffée et méchamment blessée. Les pies adultes lui avaient donné des coups de bec, les sales bêtes ! Je les ai chassées puis j'ai emmené le petit oiseau dans mes bras. Bizarrement, elle s'est laissé faire. Je l'ai déposée dans une vieille boîte en carton, et depuis je la nourris des restes du restaurant ; elle mange bien.

J'aimerais tellement que tu sois là ! Je suis sûre que tu t'occuperais bien d'elle. Cet oiseau est une bénédiction. Sa présence me change les idées, car je suis inquiète pour toi et à cause de la guerre. Au restaurant, je remarque que la peur est palpable. Pendant les quelques jours qui ont suivi la déclaration de guerre des États-Unis à l'Allemagne, les employés comme les clients ne parlaient que de ça. L'influence de cette guerre se fait déjà sentir. On manque cruellement de lait et les mamans ont du mal à nourrir correctement leurs enfants.

Je me console en me disant que tu ne manqueras de rien au cirque.

Si seulement mon patron m'accordait une journée de repos pour prendre le train et venir te serrer dans mes bras... Cette pensée m'apaise la nuit, quand je suis triste.

Avec tout mon amour,
Ta maman.

9

Contrairement à ce que laissait présager le cri de frayeur poussé par Fleur le soir de la première, Welda allait non seulement apporter de la joie et de l'émotion à notre cirque, mais elle allait aussi faire pratiquement doubler les ventes de billets. Son physique était certes inhabituel, mais je ne le trouvais pas épouvantable. Il était difficile de dire qui était vraiment Welda ; je l'ai toujours considérée comme une femme, mais en réalité elle était à la fois homme et femme.

Ce soir-là, lorsque nous nous précipitâmes tous à la porte de la roulotte, nous fûmes pour le moins stupéfaits de son apparence. Apeurée par le cri de Fleur, Welda avait reculé de quelques pas et son visage était invisible dans l'obscurité. D'après la forme de son corps, il s'agissait d'une femme, mais, lorsque madame Zénitha tendit la lampe à pétrole, je fus interloquée. Les lèvres de notre visiteur, bien que maquillées de rouge, étaient bordées d'une barbe brune aux reflets roux, épaisse et broussailleuse. Welda était ce que la plupart appelleraient une femme à barbe.

— Bonsoir, mon nom est Welda et je me demandais s'il restait de la place pour de nouveaux artistes ?

Elle tendit une large main aux longs ongles vernis de rose. Fleur croisa les bras derrière le dos, méfiante, mais madame afficha un air réjoui et étreignit promptement la main de Welda :

— À vrai dire, la troupe est au complet, mais pour...

Elle hésita comme si elle pesait ses mots, puis continua :

— ... un artiste aussi extraordinaire, je suis prête à faire une exception.

Elle fixa Welda du regard puis se frotta le front en ajoutant :

— Enfin, tout dépend de vos exigences en matière de rémunération.

Welda hocha la tête et prit le sac rose qui pendait à son épaule. Elle l'ouvrit et en sortit un papier, qu'elle présenta à madame :

— Voilà ce que me versait le cabaret dans lequel je travaillais au Danemark. Je suis disposée à baisser le tarif de moitié en échange d'un logement, précisa-t-elle avec un accent chantant que je ne connaissais pas.

Madame feignit de réfléchir, mais je vis qu'un sourire se dessinait sur ses lèvres : cet arrangement la satisfaisait.

— Marché conclu, dit-elle en secouant à nouveau la grande main de Welda.

Spontanément, j'applaudis, mais je m'aperçus que tous n'étaient pas aussi enthousiastes que moi à l'idée d'accueillir un nouvel artiste.

— Bah ! grogna Fleur.

D'un pas lourd, elle regagna sa roulotte et en claqua la porte. Je regardai Welda. L'hostilité de Fleur ne semblait pas l'attrister. Elle me fit un clin d'œil et me tendit la main.

— Comment t'appelles-tu, petite princesse ? me demanda-t-elle, et mes joues s'empourprèrent.

La chevelure de Welda était aussi touffue que sa barbe. Épaisse et brune aux reflets roux, elle était toujours attachée en une longue tresse.

J'aimai Welda dès notre première rencontre, et avec le temps elle devint la figure maternelle dont j'étais la plus proche. Sa présence me réconfortait, apaisant ce froid qui m'envahissait parfois et me déchirait le cœur. Avant, je me réveillais souvent la nuit, en proie à des cauchemars dans lesquels maman me fuyait. Mary m'avait avoué que mes appels nocturnes résonnaient dans tout le camp. Mais, après l'arrivée de Welda dans notre cirque, mes cauchemars s'espacèrent, sans toutefois disparaître.

Elle était très gentille, et son accent norvégien donnait une impression d'allégresse permanente. Afin qu'elle ait son propre espace, Eskil s'arrangea pour racheter une roulotte au cirque Carlsson. Elle avait servi à un acrobate qui avait fait une chute mortelle ; il avait manqué le trapèze après un double saut périlleux. Je trouvais ce récit terrifiant, je préférais ne pas y penser.

Je passais beaucoup de temps dans la roulotte de Welda. J'aurais vraiment aimé pouvoir dormir chez elle, mais madame ne l'aurait jamais accepté. Alors, dès que j'avais fini l'entraînement, je me faufilais dans son antre. Elle avait aménagé le lieu avec simplicité, mais, comme disait Eskil, c'était mignon comme tout. Elle avait transformé un vieux jupon de dentelle en de jolis rideaux et avait recouvert l'étroite couchette en bois d'un jeté taillé dans une ancienne tenture en velours. Le lit était décoré de ravissants coussins qu'elle cousait elle-même, lorsqu'elle n'était pas occupée à promener ses deux caniches blancs.

Les gens venaient de loin uniquement pour voir Welda et sa barbe.

— Mais qui es-tu, Welda ? lui demandai-je un jour. Une fille ou un garçon ?

J'étais assise sur son lit et balançais les jambes dans le vide.

— Il est inutile de mettre des étiquettes sur les personnes. Cela fait-il une différence pour toi si je te dis : « je suis un homme » ou « je suis une femme » ?

Je secouai la tête et baissai les yeux sur son décolleté plongeant. Sa poitrine ressemblait à deux grosses boules de pâte à pain en train de lever. Elle se pencha légèrement vers moi et je humai son odeur, ni vraiment féminine, ni tout à fait masculine. Elle sentait simplement la fraîcheur et la pureté. C'est aussi Welda qui me donna de bonnes leçons d'hygiène.

— Le pire selon moi, ce sont les gens sales. Une bonne hygiène est le secret d'une bonne santé, déclara-t-elle.

Elle m'expliqua qu'il fallait se laver les parties intimes chaque matin, ainsi que les aisselles et le cou. J'aimais qu'elle s'occupe de mes longs cheveux, et, si je fermais les yeux, je pouvais presque m'imaginer qu'il s'agissait de maman. Tout comme elle, Welda me lavait la tête en effectuant des mouvements souples et doux, puis elle démêlait lentement mes boucles à l'aide d'un peigne en bois. Lorsqu'elle versait l'eau tiède dans la cuvette pour me rincer les cheveux, l'atmosphère devenait douce et apaisante.

Un jour, après que Welda m'eut lavé les cheveux, elle se mit à parler de son passé. Ou plutôt c'est moi qui lui demandai d'où elle venait. Comme je lui tournais le dos tandis qu'elle me coiffait, je ne voyais pas son visage, mais je la sentis sursauter et cesser ses mouvements.

— C'est une triste histoire, tu veux vraiment la connaître ?

Je hochai la tête.

— Mes parents étaient artistes de music-hall en Norvège. Je suis née par accident, et après ma naissance, ils n'ont pas voulu interrompre leur carrière, commença Welda.

Elle se remit à me peigner les cheveux tout en racontant :

— Personne ne voulait de moi, probablement parce que j'étais différente des autres enfants. Ils m'ont confiée à mes grands-parents, qui se sont bien occupés de moi. Ils étaient gentils et m'aimaient beaucoup.

Son récit me toucha profondément : la maman de Welda l'avait abandonnée, tout comme la mienne.

— Ta maman ne te manquait pas ? demandai-je, la voix tremblante.

— Je ne sais pas. Mes parents se sont séparés de moi quelques jours après ma naissance. J'ai longtemps espéré leur visite, mais ils ne sont jamais venus.

— Tu ne les as jamais revus ?

Welda cessa de me coiffer et se tut un long moment. Je me retournai, elle avait le front plissé et semblait perdue dans ses pensées.

— Pas ma maman, elle s'est mariée à un homme riche et a émigré aux États-Unis. Mais j'ai rencontré mon père.

Un nouveau silence plana.

— J'étais presque adulte, j'avais dix-sept ans, et je travaillais dans un cabaret à Oslo. J'avais lu dans le journal que mon père était aussi sur scène dans la capitale, alors j'ai acheté un billet pour son spectacle. Il était incroyablement élégant et chantait si bien que j'ai ressenti de la fierté. Après le spectacle, je me suis présentée dans sa loge. Bien entendu, il ne m'a pas reconnue.

— Mais tu lui as expliqué qui tu étais, n'est-ce pas ?

Les gestes de Welda s'animèrent au point que je poussai un cri. Elle cessa immédiatement et m'embrassa la tête.

— Excuse-moi, ma chérie, je ne l'ai pas fait exprès. Oui, je lui ai expliqué, continua-t-elle, mais il a affirmé que je n'étais pas son enfant, que j'étais anormale et qu'il refusait que je l'approche. Depuis ce soir-là, je ne l'ai plus jamais revu, murmura-t-elle.

Ce fut la seule fois que Welda évoqua son histoire. Un lien particulier nous unissait désormais. Nous partagions une chose : nous avions toutes les deux été abandonnées.

10

Parfois, j'emmenais Lizzy et Mizzy, les caniches de Welda, en promenade. Welda les avait bien dressés ; quand je voyais tous les numéros qu'ils étaient capables d'exécuter, j'en oubliais presque que le public venait essentiellement pour la barbe de Welda. Les chiens savaient se pousser à tour de rôle dans un landau de poupée, danser ensemble, et même faire le mort sur commande. Welda était une dresseuse très talentueuse.

Mais c'était sa barbe qui attirait les gens. De temps à autre, un spectateur ivre lui hurlait des injures. Il s'agissait toujours du même sujet :

– Baisse ta culotte, la barbue, qu'on voie si t'es vraiment une femme !

Welda feignait de ne pas entendre, et le perturbateur finissait par être chassé du chapiteau, hué par la foule.

Les choses prirent une nouvelle tournure un mercredi matin. La veille au soir, nous étions arrivés dans une nouvelle ville, et nous dormîmes longtemps le lendemain. Nous étions au cœur du mois de juillet, et l'été était chaud. À une centaine de mètres de notre camp coulait une rivière dont l'une des berges, d'après madame Zénitha, formait une longue plage de sable.

Olle, un des palefreniers, était allé y abreuver les chevaux. Âgé de treize ans, il était le neveu d'Allan, et il travaillait au cirque depuis un mois. Je trouvais sa voix amusante, parce qu'elle passait de l'aigu au grave d'une seconde à l'autre.

J'étais allée faire pipi derrière une roulotte lorsque j'entendis des bruits de fers et de pas provenant du chemin qui menait à la rivière. C'était Olle qui revenait avec un cheval :

— Où es-tu ? J'ai une nouvelle !

Il était si excité que sa voix se brisait et produisait le son d'une vieille trompette. Il appelait son oncle, mais, visiblement, il avait réveillé le camp tout entier, car les petits volets en bois s'ouvrirent les uns après les autres avec fracas.

Allan, simplement vêtu d'un pantalon, sortit de sa roulotte.

— Que se passe-t-il ? Les chevaux se sont enfuis ? Il y a le feu ? demanda-t-il d'une voix rauque.

Olle s'arrêta à quelques mètres de lui :

— J'ai vu Welda… se baigner.

Il se tut et son visage rougit vivement. Puis les mots s'échappèrent de sa bouche :

— Elle n'a pas de sexe, ni celui d'une femme, ni celui d'un homme !

Autour, les chuchotements cessèrent aussi subitement que lorsque Eskil demandait le silence du public. On pouvait entendre les grillons chanter dans le pré. D'abord, Allan ne répliqua pas, comme s'il avait fini par avaler le gros cigare continuellement fiché au coin de ses lèvres.

Olle s'apprêtait à reprendre la parole, mais son oncle l'en empêcha d'un mouvement de la main.

— Je ne veux plus jamais t'entendre parler de ça, c'est compris ? dit-il sèchement, bien conscient que tout le monde dans le camp tendait l'oreille.

Olle voulut protester, mais Allan lui lança un regard soutenu :

— Ici, chacun se mêle de ses affaires ! D'ailleurs, il me semble que ton travail est loin d'être terminé, non ?

Honteux, le jeune garçon tourna les talons et tira derrière lui le cheval récalcitrant.

Je ne compris pas vraiment la raison de cet incident. Ce que Welda avait entre les jambes m'importait peu. Elle était un être humain, comme nous tous.

Mais d'autres ne se contentèrent pas d'une telle conclusion. La question du sexe de Welda ressurgit lorsque la guerre des cirques éclata.

11

Allée de l'Entrepôt, le 29 octobre 1918

Ma chère Ellen,

Le temps a passé depuis ma dernière lettre, et j'en suis désolée. J'ai eu beaucoup de travail ces derniers mois. Voilà plus d'un an que nous sommes séparées, et j'aimerais tant voir à quel point tu as grandi. J'espère que tu as pris un peu de poids, car tu en as besoin.

Comme promis, je suis allée à Uppsala, mais à mon arrivée j'ai appris que le cirque avait quitté la ville la veille. Vous étiez déjà en route vers Göteborg, et je n'avais pas les moyens de vous suivre. Quelle déception !

J'ai de bonnes nouvelles à t'annoncer : ta tante Karin s'est mariée à Olof, un ingénieur très élégant. Tu imagines ? C'est un ami de la famille qui emploie Karin.

J'ai craint au départ que leur histoire finisse aussi mal que la mienne. En effet, les parents d'Olof n'étaient pas ravis du choix de leur fils, car ils estimaient que Karin n'était que la fille d'un ouvrier agricole. C'est injuste, n'est-ce pas ? Si notre pauvre père était lui-même ouvrier, que pouvons-nous y faire ? Mais tout s'est arrangé, heureusement.

Olof a défendu Karin et a annoncé à ses parents qu'ils se marieraient quel que soit leur avis. Finalement, ils ont cédé, et le mariage a eu lieu à l'église de Seglora à Skansen.

Cela a été une cérémonie magnifique. Karin ressemblait à une star de cinéma dans sa longue robe blanche en soie. Les parents d'Olof ont financé le mariage et ont accepté Karin en tant que belle-fille, bien que je les aie trouvés un peu hautains. Ils ont eu à l'égard de mère et moi une attitude très guindée. Mère avait fait le voyage depuis Taxnäs, mais père a préféré ne pas venir ; il est en mauvaise santé, une vilaine toux l'affaiblit depuis le printemps. Mes deux frères, Helge, qui n'a que quatre ans de plus que toi, et Johannes, qui a quinze ans, étaient présents.

J'ai quitté le restaurant parce que j'ai décroché un emploi dans une laiterie en ville. Je gagne une couronne supplémentaire ! Le travail n'est pas déplaisant, et les éleveurs que je rencontre sont très gentils, notamment Per, qui est aussi très drôle. Il est charmant avec les filles et nous apporte souvent des fleurs ou de petits cadeaux.

J'espère que tu as commencé les leçons et que tu as appris l'alphabet. Tu pourras peut-être m'écrire quelques lignes ? Ça me ferait un immense plaisir. Je t'envoie du papier à lettres. Il est joli, n'est-ce pas ? Karin me l'a donné en pensant que tu aimerais les images de chiots.

Avant de terminer cette lettre, je vais te raconter ce qu'il est advenu de Cendrillon, la petite pie dont je t'ai déjà parlé. Elle s'est bien remise de ses blessures. J'avais réussi à l'apprivoiser : elle venait souvent se poser sur mon épaule et appuyait sa tête contre ma joue. J'avais envie de la garder pour toujours. Mais les oiseaux sont des âmes libres — comme les artistes de cirque — et il a fallu que je la libère.

Au début, elle me rendait visite lorsque je rentrais du travail le soir, puis l'hiver est arrivé et je ne l'ai pas vue pendant une longue période ; je craignais qu'elle soit morte. Un matin, je l'ai découverte sur le rebord de la fenêtre en train de frapper du bec contre la vitre. J'ai ouvert, elle est entrée et s'est posée un court instant sur mon épaule avant de s'envoler. Quelle histoire émouvante !

Je t'embrasse très fort,
Ta maman qui t'aime.

12

L'été de mes neuf ans fut aussi celui de la guerre des cirques. Pour une raison inconnue, trois troupes avaient choisi les mêmes dates pour se produire dans la capitale.

Nous avions dressé notre chapiteau dans le parc Berzelii. L'endroit était ravissant, c'était comme une oasis au cœur de la ville. Les bourdons et les papillons butinaient les fleurs multicolores aux pétales de velours. En fermant les yeux, je m'imaginais dans une prairie au beau milieu de nulle part. Ça ne durait qu'un instant, car la rumeur de la ville prenait le dessus : le bruit des tramways, des chevaux et des promeneurs remplaçait le bruissement des insectes.

Ce soir-là, nous avions une heure de temps libre avant de nous préparer pour la représentation. Welda avait accepté de m'accompagner le long du quai pour cueillir des fleurs. Elle portait sa robe préférée, une longue robe rouge à pois blancs, qu'elle avait assortie à un chapeau noir orné de roses en tissu rouge. Elle piquait les fleurs dans sa barbe à mesure qu'elle les cueillait.

— Une femme doit savoir se pomponner, déclarait-elle avec un sourire qui laissait apparaître du rouge à lèvres sur ses dents.

Welda faisait sensation ; c'est en voyant la réaction des passants que j'en pris conscience. Par chance, elle semblait ignorer l'effet qu'elle produisait sur les gens, ou du moins feignait-elle l'indifférence. À notre vue, certaines dames poussant des landaus faisaient demi-tour et s'éloignaient précipitamment. Une maman serra même dans ses bras son bambin aux cheveux blonds en nous surveillant du coin de l'œil. Deux garçons qui s'amusaient à faire tourner un cerceau avec un bâton s'arrêtèrent stupéfaits et dévisagèrent Welda en la montrant du doigt. Ils devaient avoir à peu près mon âge. L'un d'eux, un brun aux dents de devant très écartées, nous fixa un long moment avant de s'écrier :

— Alors, cocotte, on se promène avec une sorcière ?

Je lui tirai la langue de toutes mes forces, puis je voulus me jeter sur lui pour lui donner un coup de pied dans le tibia, mais Welda m'en empêcha.

— Ne t'en fais pas, ce ne sont que des petits morveux, dit-elle en me prenant le bras. Si on leur montre que leurs paroles nous blessent, ils ont gagné. Sois plus **for**te, ignore-les ! Il leur manque quelque chose là-dedans.

Welda posa sa main sur sa poitrine généreuse et me fit un clin d'œil.

Nous retournâmes nonchalamment au parc Berzelii tout en cueillant des fleurs qui poussaient sur le bas-côté.

— Regarde, leurs visages te saluent, s'amusa-t-elle en agitant des pensées violettes.

En rentrant au camp peu après, je sentis de loin que quelque chose se tramait. Je pensai d'abord qu'un accident avait eu lieu, car la troupe s'était rassemblée et discutait vivement. Eskil, qui avait remarqué notre présence à quelques pas du groupe, s'extirpa de la mêlée pour venir à notre rencontre.

— Le cirque Lindström et le cirque Gelotti sont en ville. Le Gelotti occupe le jardin du Zoo, et leur première est programmée pour ce soir, annonça-t-il, le souffle court.

Fleur s'approcha de son compagnon. Elle était si troublée que son maigre corps tremblait.

— Vous vous rendez compte ? Le cirque français Gelotti est en ville. *Mon Dieu !*

Elle tapa du pied et porta les mains à son front en un geste théâtral, puis elle rejoignit les autres.

— La sœur de Fleur est mariée au directeur du cirque Gelotti, murmura Mary, qui s'était immiscée entre Welda et moi. Ça fait dix ans qu'elles ne se parlent plus, à cause d'une affaire d'héritage.

Elle se tut, car Fleur s'était lancée dans une longue invective en français. Eskil hocha la tête et caressa les épaules nues de sa bien-aimée.

Je sentis mon corps bouillonner. Tout cela était si excitant, imaginez : trois cirques qui donnent leur première représentation le même soir dans la même ville ! Naïvement, j'ignorais qu'en conséquence notre public s'en trouverait réduit, ce dont tous les artistes se doutaient.

La nouvelle avait plongé la troupe dans une grande fébrilité.

Seule madame Zénitha gardait son sang-froid. Sans se presser, elle collait les affiches désormais abîmées et décolorées. Très économe, elle en récupérait un maximum chaque fois que nous quittions une ville. Le nom d'Eskil figurait en haut de l'affiche, suivi dans l'ordre de ceux de Welda, de Fleur et de Carlos. Le mien, tout en fioritures, était inscrit tout en bas : *Elisaveta, l'enfant prodige*. J'étais flattée de voir apparaître mon nom, mais je rêvais secrètement qu'il soit placé en haut, en grandes lettres clinquantes.

À l'approche de la représentation, les conversations au sujet des autres cirques se calmèrent. Dans l'après-midi, deux de nos musiciens se rendirent en ville sous prétexte d'acheter des cravates. Mary chuchota que c'était une excuse pour aller boire une bière au bistrot. Mais, au bout d'une demi-heure à peine, ils revinrent en courant.

– Regardez ce qu'a fait le cirque Gelotti ! s'exclamèrent-ils en chœur.

L'un d'eux tenait un morceau d'affiche froissé. La directrice l'étala sur la caisse en bois qui lui servait de guichet et le lissa avec précaution. Elle retint son souffle en parcourant l'inscription, tandis que Mary écarquillait les yeux de stupéfaction :

La Femme à barbe est une arnaque. Welda est un homme déguisé en femme. Venez au cirque Gelotti, nos artistes sont garantis authentiques.

Il me fallut plus de temps pour déchiffrer les mots et comprendre leur sens : les leçons de lecture et d'écriture avec Mary venaient de commencer.

– Mais Welda n'est pas une arnaque... C'est bien elle, Welda, commentai-je en me tournant vers Mary et madame Zénitha.

– Où avez-vous trouvé ça ? demanda sèchement celle-ci.

Ces affiches étaient placardées dans toute la ville. Madame s'assit lourdement sur la caisse en bois et posa son visage entre ses mains. Elle resta un moment dans cette position, puis ses traits sévères s'éclairèrent.

— S'ils veulent la preuve que Welda est une femme, ils l'auront, déclara-t-elle en laissant planer le mystère, avant de se diriger vers les roulottes.

Mary et moi la suivîmes, non sans excitation. Qu'avait-elle bien pu imaginer ?

— Quelqu'un a-t-il vu Julia ? cria-t-elle.

Julia était une nouvelle élève ; Eskil pensait qu'elle deviendrait une habile cavalière, mais, pendant son entraînement, je trouvais que cette fille chétive et timide semblait vouloir fuir la piste à chaque instant. À ce qu'il me semblait, elle devait avoir plus de vingt ans. Elle était d'une beauté fluette et délicate, « comme une fine tasse en porcelaine qui ne supporte pas les chocs », avais-je dit à Welda, que la comparaison avait fait rire aux éclats. Soudain, Julia apparut devant la roulotte d'Eskil, enroulant une boucle de cheveux autour de son index.

— Tu sais coudre, n'est-ce pas ? Ta mère est couturière, si je ne me trompe ? lui demanda madame avec rudesse.

Julia hocha la tête nerveusement.

— Bien, dans ce cas, tu vas pouvoir m'aider. Je vais chercher mon nécessaire à couture, et je te rejoins dans la roulotte de Welda, ordonna madame avant de quitter les lieux d'un pas décidé.

13

Allée de l'Entrepôt, le 8 août 1919

Ma très chère Ellen,

Ce fut un triste été. Ton grand-père est retombé malade, sa toux a empiré et la fièvre s'est déclarée. Mère pensait qu'il s'agissait d'une sorte d'angine, mais son état s'est terriblement aggravé. Mère m'a envoyé un télégramme pour me prier de venir et j'ai aussitôt pris le train. Père était si mal qu'il ne m'a même pas reconnue lorsque je l'ai salué. Nous avons fini par appeler un médecin, qui a diagnostiqué une grippe espagnole. Mère était désespérée. Il n'y avait plus rien à faire. Père est mort la veille de son quarante-huitième anniversaire.

Je suis restée à Taxnäs pendant quelques jours pour aider mère à préparer les funérailles. Au moment de l'inhumation, elle s'est évanouie devant la tombe. Nous avons tous cru que *c'était à cause du chagrin, mais en rentrant à la maison, elle a été prise, à son tour, d'une forte fièvre. Dès le lendemain, le diagnostic tant redouté est tombé : mère avait contracté la grippe espagnole. Elle a lutté courageusement, mais a fini par rendre l'âme le 19 juillet, à quarante-six ans seulement. La bonne étoile veille néanmoins, car ni Helge, ni Johannes, ni moi ne sommes atteints.*

Helge a été bouleversé par ce double drame. Nous avons donc décidé qu'il habiterait chez Karin, qui est plus stable que moi financièrement depuis qu'elle s'est mariée. Johannes a obtenu une place de valet dans une ferme à Öresundsbro, où il bénéficie du gîte et du couvert. Tout s'est donc arrangé pour tes oncles, bien qu'ils soient orphelins désormais.

Voilà, ma petite Ellen, la raison pour laquelle je ne t'ai pas rendu visite cet été. Je le voulais de tout mon cœur, mais c'était impossible. Je suis rentrée à la maison, et demain je reprends mon travail à la laiterie. C'est étrange d'avoir été absente pendant presque deux mois. Mes collègues ont été très attentionnés envers moi, ils m'ont envoyé d'aimables cartes pour me témoigner leur affection.

Je te récrirai bientôt, ma petite fille adorée, en espérant t'apporter de meilleures nouvelles.

*Je t'aime très fort,
Ta maman.*

14

Je mourais d'envie de connaître le plan qu'échafaudait madame Zénitha avec Welda, mais la porte demeura fermée. Julia ne quitta pas la roulotte de mon amie de tout l'après-midi. La curiosité me poussa finalement à frapper, mais j'obtins pour seule et insupportable réponse : « Nous sommes occupées. » La porte ne s'ouvrait que lorsque madame sortait puis rentrait à nouveau, à intervalles réguliers.

Elle me confia le soin de surveiller la boîte à billets qu'elle avait sortie pour la représentation du soir. Ce genre de responsabilité ne m'incombait que très rarement — pour ne pas dire jamais —, car madame n'avait confiance qu'en une seule personne : elle-même.

Je réussis à vendre quelques billets. Je comptai fièrement l'argent remporté, puis le plaçai dans le coffret que madame gardait sous le guichet.

Cette mission m'amusa jusqu'à l'arrivée d'une bande d'adolescents. Grands, dégingandés, effrontés, ils m'effrayèrent. Mon estomac se noua et lorsqu'il s'approchèrent de moi, je fus incapable de parler.

— On voudrait acheter des billets, mais on veut d'abord savoir si ça vaut le coup, déclara le plus costaud.

Je ne sus que répondre. Du menton, il désigna l'affiche à ses camarades en ricanant :

— Allez, dis-nous, c'est vrai, ce qu'ils disent ? La femme à barbe est un mec ?

Mon cœur tambourinait dans ma poitrine. J'essayai péniblement de formuler une réponse habile, mais ma tête était désespérément vide. Au moment où j'avais réussi à rassembler toutes mes forces pour dire «Welda est une dame», j'entendis la voix sèche de madame Zénitha derrière moi :

— La femme à barbe est une femme, comme vous le verrez si vous prenez des billets pour assister à la représentation.

Les garçons haussèrent les épaules en grognant, puis ils quittèrent nonchalamment le cirque sans avoir réservé de places.

Le soir, à l'heure du spectacle, je me cachai comme à mon habitude dans les coulisses pour regarder la prestation des autres artistes. Les numéros se déroulèrent normalement, et j'avais presque oublié les manigances de la directrice. Ce fut lorsque Welda fit son entrée sous les murmures du public que je repensai à Julia et au nécessaire de couture.

J'observais la piste depuis ma cachette quand Welda apparut sous la lumière des projecteurs. Je faillis tomber à la renverse ! De dos, elle semblait torse nu, mais elle ne l'était pas vraiment : ses gros seins ronds étaient découverts, chacun orné d'une fleur en paillettes dont les pétales s'ouvraient précisément sur ses mamelons. De légères bandes de tissu, aussi fines que du fil à coudre, se détachaient des fleurs et tombaient jusqu'à la ceinture rouge brodée de perles et de strass.

Madame avait eu une idée de génie. Personne ne pouvait douter que Welda possédait une véritable poitrine de femme, et personne ne pouvait accuser notre cirque d'indécence étant donné que Welda portait un haut de costume, aussi succinct fût-il.

La représentation remporta un grand succès. Bien entendu, le corps dévoilé de Welda y contribua largement. La rumeur sur la femme à barbe presque nue se répandit comme une traînée de poudre et, durant les trois semaines de notre passage dans la capitale, nous jouâmes à guichets fermés pratiquement tous les soirs.

Mais la guerre des cirques ne cessa pas pour autant. Les saltimbanques ont une mémoire d'éléphant, et personne au cirque Formidable n'oublia cet épisode.

Le lendemain, la directrice me permit d'accompagner Mary en promenade. L'entraînement était dur et les rares moments de pause me rendaient folle de joie. Nous longeâmes les quais tandis que je me réjouissais en pensant à la sucette de sucre candi que j'allais pouvoir m'offrir avec les cinq centimes enfouis dans la poche de ma robe.

« Stockholm est une ville merveilleuse », songeai-je. L'eau parcourait la ville comme un réseau veineux, et chacun semblait pouvoir y trouver sa place. J'admirais les dames élégantes dans leurs robes pastel et leurs grands chapeaux, et les jeunes femmes modernes aux jupes moulantes qui tombaient juste au-dessus des chevilles. Certaines avaient les cheveux coupés à la nuque, « au carré », comme m'expliqua Mary.

— C'est cette coiffure-là que j'aurai quand je ne travaillerai plus au cirque, ajouta-t-elle en passant la main dans sa magnifique chevelure attachée en un chignon souple.

— Oh, non, Mary ! m'écriai-je. Tu ne peux pas couper tes cheveux, ils sont si beaux ! Cette coiffure, c'est pour celles qui ont les cheveux fins, ou des poux !

Mary éclata de rire puis secoua la tête.

— Ce que tu es bête ! Tu crois vraiment qu'il y a autant de femmes infestées de poux à Stockholm ? répliqua-t-elle en désignant du menton un groupe de jeunes filles coiffées ainsi.

Celles-ci passèrent devant nous en bavardant gaiement. J'observai l'une d'elles avec étonnement : elle avait les cheveux noir de jais coiffés en une frange dégradée, et était habillée à la garçonne, en pantalon assorti d'une veste dont dépassaient les pans d'une chemise.

L'activité humaine était trépidante, certains passants flânaient, mais la plupart semblaient pressés. Je sursautai au klaxon d'un tramway. Un imposant cheval noir, attelé à un fiacre, leva la tête et s'ébroua comme pour protester contre ce bruit intempestif. Mary me prit par la main, de peur probablement que je m'enfuie en courant.

En approchant du Théâtre royal, je ralentis le pas. Je contemplai le somptueux bâtiment, dont le nom était inscrit en lettres dorées au-dessus de l'entrée gardée par des statues colossales. Avec ses longs piliers soutenant l'ensemble, le théâtre ressemblait à un château. J'observai les gens aux alentours ; j'allais peut-être croiser une comédienne célèbre.

– Ne traîne pas, nous n'avons pas le temps, dit Mary, qui perdait patience.

Je ne comprenais pas la raison de cet empressement. Quelle ne fut pas ma stupéfaction lorsque j'aperçus au loin le chapiteau dressé dans le jardin du Zoo.

— Mais, on ne va pas aller…

Je ne pus terminer ma phrase, car Mary me coupa la parole.

— Tu te tais, et tu me suis, m'ordonna-t-elle en me serrant brusquement la main.

Un attroupement s'était formé devant le cirque, visiblement dans l'attente de l'ouverture du guichet. Mary s'avança, puis me lâcha la main et me regarda droit dans les yeux :

— Non, Ellen, je t'ai dit que ce n'est pas possible. Nous avons promis à nos parents que nous n'irions pas voir ce cirque. C'est bien trop risqué !

Elle avait parlé d'une voix forte et aiguë qui ne lui ressemblait pas. Je me tournai, pensant qu'elle plaisantait avec quelqu'un derrière moi. Mais il n'y avait personne. Une jeune femme accompagnée de deux enfants en bas âge se détacha de la foule et s'approcha de nous :

— Excusez-moi, mademoiselle, je vous ai entendue… Dites-moi, pourquoi est-ce si risqué ?

Mary mit la main devant sa bouche avec un geste qui manquait de naturel :

— Vous n'êtes pas au courant ?

La dame secoua la tête.

— Eh bien, deux artistes ont contracté la grippe espagnole, et il paraît que d'autres auraient été contaminés.

La foule s'agita, et très vite les gens formèrent un cercle autour de nous. Ils parlaient tous en même temps, curieux d'en savoir davantage.

— D'après ce que je sais, c'est très grave. Les deux malades seraient décédés, annonça Mary d'un air tragique.

Notre auditoire réagit à ces propos et quitta progressivement le lieu, si bien qu'il ne resta plus que Mary et moi. À ce moment, le guichet du cirque Gelotti s'ouvrit.

— Cours ! s'écria Mary.

Elle m'attrapa la main et dévala les marches de pierre.

Je la suivis précipitamment, comme un chien en laisse, jusqu'à ce qu'elle s'effondre derrière un arbre en riant aux éclats. Je m'assis près d'elle, la gorge en feu.

— Comment sais-tu que les artistes sont malades ? lui demandai-je en reprenant mon souffle.

— Oh, personne n'est malade, là-bas. J'ai dit ça comme ça, avoua-t-elle en riant à nouveau.

— Tu as menti ? m'exclamai-je, indignée.

Quelques bribes de l'éducation de ma mère demeuraient immuablement gravées dans ma mémoire. Il ne faut pas mentir, m'avait-elle appris.

— Oui, et c'est bien fait pour eux ! Leurs affiches à propos de Welda, c'était malhonnête, n'est-ce pas ?

Elle énonça cette dernière phrase comme un constat plutôt que comme une question, et je repensai à l'état de Welda après la première représentation. Ce soir-là, elle qui avait l'habitude de partager le dîner et de danser avec nous après le spectacle avait regagné directement sa roulotte et n'en était pas sortie jusqu'au lendemain. Cette affaire l'avait sans aucun doute affectée.

Mais n'était-ce pas pire de déclarer la mort de deux personnes que de mettre en doute le sexe d'un artiste ? J'avais beau réfléchir, cette situation ne me satisfaisait pas. Comme disait Welda : on ne répond pas à l'injustice par une autre injustice.

15

Quelques jours plus tard, la troupe se rassembla pour le dîner. C'était une douce soirée d'été. À la lueur des lanternes que Fleur avait disposées sur la table, les visages semblaient irréels.

Madame avait acheté de la viande de porc, que Carlos grillait sur le feu, et que l'on accompagnait de pommes de terre, de pain et de beurre. C'était la fête ! J'eus même droit à une bouteille de limonade. Quant aux autres, j'ignore ce qu'ils buvaient, mais ce devait être bien plus fort que le contenu de ma tasse en émail blanc.

La chaleur du feu et des lanternes ainsi que ce délicieux festin me rendaient somnolente. Je ne réagis même pas en voyant Eskil poser la main sur la cuisse de Julia, alors que Fleur était assise en face d'eux.

Plus tard, Stanislaw, un des violonistes, entonna une joyeuse polka qui fit danser tous les convives.

Welda se leva et m'entraîna dans une valse folle à m'en pâmer de rire.

— Nom de Dieu ! Ils ont lâché les chevaux !

Stanislaw laissa tomber l'archet et tous s'immobilisèrent. Allan s'était éloigné pour une envie pressante, et était revenu nous prévenir. Le visage écarlate, il tourna aussitôt les talons et repartit dans la direction opposée. Tous se précipitèrent à sa suite vers la remorque à chevaux.

— Là-bas !

Affolé, Carlos nous indiquait la direction dans l'obscurité. Nous suivîmes son doigt du regard et aperçûmes une lueur au loin devant nous. Nous courûmes entre les ombres, descendîmes sur le gazon, et là, au clair de lune, nous vîmes soudain les chevaux. Ils couraient le long du quai, aussi beaux et majestueux que lorsqu'ils évoluaient sur la piste.

— Stop !

La voix d'Eskil fit cesser nos chuchotements.

— Ne les chassez pas ! Ils risquent de se jeter dans l'eau, et on ne pourrait pas les sauver !

Nous nous figeâmes aussitôt dans l'herbe mouillée par la rosée. Je m'accroupis et vit Lapoma en équilibre sur le bord du quai. Je me mordis si fort la lèvre inférieure que je sentis le goût du sang dans ma bouche. Je suivais Eskil du regard, comme hypnotisée. Il s'approcha de la jument à pas très lents, à la manière d'un chat guettant sa proie. Sa voix résonnait dans la nuit comme une douce mélodie. Je ne distinguais pas ce qu'il disait, mais je savais qu'il essayait d'apaiser Lapoma.

La jument s'était arrêtée et seules ses oreilles blanches remuaient. Elle s'ébrouait de temps en temps. Eskil était à présent si proche d'elle qu'il lui suffisait de tendre le bras pour saisir le licou et mettre l'animal en sécurité. Je le vis lever la main doucement, très doucement. Soudain, le silence fut brisé par une détonation. Lapoma prit peur, se cabra, puis sauta par-dessus le quai. J'accourus, et ne vis que sa tête dansant à la surface.

Eskil chercha désespérément un moyen de l'atteindre, mais en vain. Lapoma finit par se noyer dans l'eau sombre.

La troupe entière fut en deuil pendant plusieurs jours. L'accident influença nos représentations, et Eskil dut revoir la totalité de son numéro. Il ne parlait pas beaucoup, mais sa démarche pesante, et sa façon de serrer la mâchoire si fort que la peau se tendait sur ses joues, nous en disaient long sur son état.

Comme nous tous, il était convaincu que le cirque Gelotti avait voulu se venger de la rumeur que nous avions colportée.

Il ne fut pas question de vengeance jusqu'au jour où Fleur reçut la visite d'un petit homme singulier, coiffé d'un chapeau de paille retenu par une paire de gigantesques oreilles. Il avait les yeux noirs, comme Fleur, et sa voix, quoique d'un ton plus grave, sonnait comme celle de Fleur.

Celle-ci reçut son visiteur à bras ouverts. J'assistai à la scène, assise sur un tabouret devant la roulotte de Welda qui coiffait mes longs cheveux. Soudain, elle cessa de me peigner ; l'individu s'était mis à gesticuler, et Fleur s'était plaqué la main sur la bouche. Puis tous deux parlèrent en même temps avec ferveur, mais je ne comprenais rien parce qu'ils s'exprimaient en français.

Lorsqu'il partit enfin, Fleur resta seule un instant à s'essuyer les yeux. Puis elle jeta violemment son mouchoir au sol et le piétina. Elle se tourna vers nous : ses yeux noirs étaient pleins de larmes.

— Cet homme est mon cousin, il travaille chez Gelotti. Savez-vous ce qu'il m'a confié ?

Nous secouâmes la tête, mais quelque chose me disait que Welda avait deviné de quoi il s'agissait.

— Il m'a avoué que c'est Gelotti lui-même qui a libéré nos chevaux, et qui a fait exploser un sac devant le grand mégaphone pour les effrayer. *Merde*, je vais le tuer !

Elle rejoignit Eskil en courant. Quelques minutes plus tard, Eskil passa devant nous d'un pas décidé, les cheveux en pétard, et les mâchoires si serrées que la peau de ses joues semblait prête à se fendre.

– Ouh là là, si personne ne l'arrête, il va faire une grosse bêtise, prévint Welda en reposant la brosse.

Elle le suivit, mais il la repoussa vivement lorsqu'elle posa la main sur son épaule. Je compris que ni Fleur ni Welda n'arriveraient à l'empêcher de mettre son plan à exécution. J'accourus vers le guichet où madame Zénitha comptait la monnaie de la caisse. Haletante, je lui racontai ce qui s'était passé.

– Reste ici et garde la caisse ! m'ordonna-t-elle en reposant l'argent qu'elle avait en main.

Je m'assis et tendis l'oreille pour savoir si elle parvenait à rattraper Eskil, en pure perte.

Dix minutes plus tard, madame était de retour. Elle se rassit, impassible, sur le petit tabouret derrière le guichet. Dévorée de curiosité, je mourais d'envie de la questionner. Elle le remarqua, me lança un regard noir et m'ordonna de retourner à l'entraînement. N'osant pas lui désobéir, je partis sur-le-champ, en faisant cependant une halte chez Welda.

– Que s'est-il passé ? demandai-je, excitée.

Mais elle se contenta de hausser les épaules :

– Ils se sont enfermés dans la roulotte, et je n'ai rien pu entendre.

Déçue, je retournai vers le chapiteau en soupçonnant mon amie de m'avoir caché la vérité. Les parois des roulottes étaient si fines que l'on pouvait suivre les conversations prononcées à voix normale. Et j'imaginais mal Eskil et la directrice chuchoter en la circonstance.

Je repris l'entraînement, comme me l'avait demandé madame Zénitha. J'aurais fait n'importe quoi pour y échapper. Mon corps était douloureux et mes pieds tuméfiés : marbrés de rouge et couverts de bleus. Mon dos me faisait souffrir ; lorsque je fis le pont, j'eus l'impression de recevoir des coups de massue. Mais il ne servait à rien de se plaindre, cela n'aurait pas atténué la douleur, bien au contraire. La dernière fois que j'avais protesté, madame Zénitha m'avait tiré les cheveux si fort que j'avais cru qu'elle les avait arrachés. Puis elle avait fait claquer le fouet d'Eskil sur mes jambes nues jusqu'à ce que je fasse le grand écart. Les coups avaient laissé des zébrures rouges sur mes mollets. Les larmes brûlaient sous mes paupières, et ma tristesse était infinie. Comme j'aurais aimé être réconfortée, pelotonnée dans les bras de maman !

16

Allée de l'Entrepôt, le 11 janvier 1920

Ma chère Ellen,

Comme je l'espérais dans ma dernière lettre, je t'apporte cette fois de bonnes nouvelles. Per, l'éleveur dont je t'ai parlé, m'a demandée en mariage et j'ai accepté !

Per dirige une petite ferme à Dalbo avec ses parents, que j'ai déjà rencontrés ; ils sont très gentils. Je n'arrive pas à le croire : dans un mois, je deviendrai madame Ludwigsson. Ça sonne plutôt bien, n'est-ce pas ?

Ce ne sera pas un mariage aussi fastueux que celui de Karin, mais une petite fête avec une vingtaine de convives. J'ai invité Karin, bien sûr, Helge et Johannes. Karin ne viendra pas : elle est enceinte et la naissance est prévue pour le jour même. Helge ne pourra peut-être pas faire *le voyage, mais Johannes m'a promis qu'il serait présent. Il est apprenti imprimeur au journal d'Uppsala. Ce garçon a un bel avenir devant lui !*

J'aimerais que tu assistes à mon mariage, mais madame Zénitha a rejeté toutes mes demandes télégraphiées. Je l'ai pourtant suppliée. Je n'abandonne pas et j'espère que tu seras notre demoiselle d'honneur.

J'ai beaucoup parlé de toi à Per. Nous espérons que tu viendras vivre avec nous. La ferme est grande et il y aura toujours quelqu'un pour veiller sur toi. J'ai évoqué le sujet dans mes lettres à madame Zénitha, mais elle ne m'a pas encore répondu.

Je vais pouvoir quitter mon travail à la laiterie, car on a besoin de moi à la ferme. Il y a vingt-deux vaches, quatre chevaux et d'innombrables poules dont il faut s'occuper, ainsi que cinq chats que tu seras ravie de rencontrer !

Je veux que tu saches que je suis heureuse à présent. Mon seul désir est que nous soyons réunies, toi et moi. Je ferai tout mon possible pour que cela se réalise.

Je t'embrasse tendrement,
Ta maman.

17

Suite à ma performance, j'avais été citée dans les journaux. Welda lut à voix haute l'article des *Nouvelles du soir* qui présentait un résumé de notre représentation. D'après le journaliste, le spectacle avait été grandiose, et le numéro d'Elisaveta, l'enfant prodige, époustouflant.

Les acrobaties de la fillette sont à couper le souffle, son corps se plie comme du caoutchouc. Sans parler de ses tours de voltige sur le dos des chevaux. Cette enfant est une étoile montante, une nouvelle princesse du cirque.

Cette soudaine célébrité me réchauffa le corps. En posant les mains sur mes joues fébriles, je sentis une vive chaleur.

Mais la vie, au cirque comme ailleurs, est faite de hauts et de bas, et souvent les moments de joie sont suivis de durs chagrins.

On m'avait accordé une pause après l'entraînement. Madame était occupée à vendre des billets pour la représentation du soir, et Welda voulut se reposer un peu dans sa roulotte. Je décidai alors d'aller promener ses caniches.

Comme je lui avais promis que je ne m'éloignerais pas du camp, je suivis notre parcours habituel. J'avais à peine effectué quelques dizaines de mètres quand je rencontrai une fille qui paraissait avoir mon âge. Elle était belle avec ses longs cheveux bruns ornés d'une grande fleur en soie. Au cirque, je n'avais personne avec qui m'amuser ; lorsque je vis cette fille, je me réjouis d'avoir peut-être trouvé une camarade de jeux. Elle me regarda avec curiosité.

— Je peux caresser les chiens ? me demanda-t-elle en allongeant prudemment le bras en direction de Mizzy.

— Bien sûr, ils sont très gentils, répondis-je avec un grand sourire.

La fille s'accroupit et se mit à caresser Mizzy derrière l'oreille. Je m'accroupis également pour être à sa hauteur, et je remarquai un pendentif en argent scintillant à son cou.

Je me penchai pour toucher le bijou lorsque quelqu'un se mit à crier derrière moi :

— Écarte-toi, espèce de bohémienne !

Je me levai aussitôt. La fille fit de même. Une vieille dame en robe noire s'avança vers nous, imposante et menaçante.

— Mais, grand-mère, je voulais juste caresser les chiens, implora la fille.

— Cette bohémienne allait voler ton collier.

La dame approcha sa main si près de mon visage que je m'attendis à recevoir une gifle.

— Disparais ou j'appelle la police !

— Je n'avais aucune mauvaise intention et je ne suis pas une bohémienne, répliquai-je.

Mes joues me brûlaient.

— Je ne te crois pas ! J'ai assisté au spectacle hier soir, et je sais que tu fais partie de cette bande de gitans.

D'un signe de tête, elle indiqua le chapiteau entre les arbres. Je ne sus que répondre et je restai là, humiliée, les paupières gonflées de larmes. Alors qu'elle s'éloignait avec sa petite-fille, je l'entendis ajouter :

— Pouah ! Tu vas prendre un bain en rentrant. Cette gamine est sûrement pleine de puces.

J'avais tellement honte que je ne racontai même pas cette mésaventure à Welda. Le soir même, j'avais accompli l'une de mes pires performances ; je tombai deux fois au cours de mon numéro. La gifle que m'envoya madame Zénitha pour me punir fut si violente que le choc résonna dans mon oreille.

Dans mon lit, après le spectacle, j'éclatai en sanglots. Ma maman me manquait tellement ! L'image qu'il me restait d'elle était de plus en plus floue, je me souvenais juste d'une chevelure brillante et bouclée, d'un parfum de savon et de réconfort. Comment avait-elle pu m'abandonner ?

Cette nuit-là, alors que je cherchais le sommeil, j'entendis Eskil et ses complices rentrer. Je les appelle « complices » parce qu'ils avaient agi comme des criminels, comme le dirait plus tard Welda.

Couchée dans mon lit, je fixai les lattes du plafond. Une fissure laissait filtrer le clair de lune, qui apportait un peu de lumière dans l'obscurité de la roulotte. Soudain, les chiens de Welda se mirent à aboyer, et je perçus des voix masculines provenant de l'extérieur. Plongée dans un sommeil profond, madame ronflait bruyamment. Immobile, je tendis l'oreille.

— Nom de Dieu, Eskil, c'est la pire odeur que je connaisse, je n'arriverai jamais à m'en défaire.

Je reconnus la voix du palefrenier ; il semblait paniqué.

— Je n'aime pas ça. On ne peut pas profaner ainsi les morts !

C'était Carlos, dont la voix tressautait.

— Oh, le type était déjà crevé, répondit Eskil. Tu as remis la lettre au gars ?

— Oui, et je lui ai donné deux couronnes pour le dérangement.

— Bien, il ne reste plus qu'à attendre demain.

Le reste fut couvert par les ronflements de madame Zénitha. Je me faufilai jusqu'à l'entrée pour entendre plus distinctement leurs propos, mais les pas s'éloignèrent et la porte d'une roulotte claqua.

J'essayai de comprendre le sens de cette conversation, et plus je réfléchissais, plus j'avais peur. Pour m'endormir, je dus me concentrer sur des choses réconfortantes, comme le sucre candi, les gâteaux au chocolat et autres confiseries.

La troupe comprit que l'affaire était grave lorsque madame et Eskil décidèrent précipitamment d'écourter notre séjour à Stockholm. Mais ce n'est que beaucoup plus tard que j'appris ce qui s'était passé.

Personne ne me raconta jamais le dernier rebondissement de la guerre des cirques. Je le découvris par hasard dans un vieux journal, huit mois plus tard, alors que nous étions en tournée dans le sud du pays. C'était le printemps, mais il faisait encore froid et nous devions allumer les poêles des roulottes. Comme le bois était humide, je cherchai un bon matériau pour l'enflammer.

Sous le lit de madame, je dénichai un journal. Je m'apprêtais à le froisser lorsque mes yeux s'arrêtèrent sur un article en haut d'une page. Les leçons assidues de Mary avaient porté leurs fruits et je pouvais parcourir sans difficulté les livres de lecture qu'Eskil s'était procurés.

Des ossements humains retrouvés dans une cage à tigres.
Deux agents de la police de Stockholm ont fait une effroyable découverte hier. Les restes d'une jambe ont été retrouvés dans la cage des tigres du cirque français Gelotti. Suite à un message anonyme, les agents se sont rendus sur les lieux mercredi matin. Un de nos journalistes, qui avait également eu connaissance de cette information, se trouvait sur place lors de la macabre découverte.

Le dompteur a aidé les agents à sortir les ossements. L'inspection minutieuse des cages n'a pas mis au jour d'autres restes. Aucun des artistes du cirque ne manque à l'appel, ce qui porte à croire qu'une personne étrangère a été introduite dans la cage et a été dévorée par les félins. Le cirque Gelotti a reçu l'ordre de cesser ses représentations jusqu'à ce que la police détermine la nature du crime.

D'une main tremblante, je reposai le journal. En tâtonnant sous le lit, j'en trouvai un autre, daté de quelques jours plus tard.

Restes humains dans une cage à tigres : la police écarte la piste de l'accident.
Selon le rapport de l'autopsie pratiquée sur la jambe retrouvée dans la cage des tigres du cirque Gelotti, il ne s'agit

pas d'un accident. Le membre en question appartenait à une personne décédée deux semaines auparavant. En inspectant plusieurs morgues de la ville, la police a découvert le corps d'un homme auquel il manquait une jambe. L'enquête a révélé le lien entre cet homme et le membre retrouvé dans la cage aux fauves. La police suit de près cette affaire, qu'elle qualifie de vol de cadavre, ce qui constitue un crime passible de réclusion.

Émile Gelotti, le directeur du cirque, est bouleversé. Il affirme n'avoir aucune idée de l'identité du criminel, mais a bien l'intention de faire toute la lumière sur cet évènement. « Le nombre de billets invendus a durement affecté le cirque Gelotti. L'affaire a eu de telles conséquences sur notre troupe que nous avons failli abattre nos précieux tigres. »

Je n'ai jamais confié avoir retrouvé ces journaux. Eskil et l'ensemble de l'équipe semblaient avoir tiré un trait sur cette guerre malsaine.

18

Dalbo, le 22 octobre 1920

Chère Ellen,

Quel dommage que tu n'aies pas pu assister à notre mariage ! Tu nous as beaucoup manqué, surtout à moi. Les nuits précédant la cérémonie, j'ai fait ce doux rêve : nous nous mariions dans une grande prairie, et, juste avant que le prêtre ne commence à parler, tu arrivais dans l'herbe haute, parmi les marguerites et les bleuets. Tu étais si belle dans mon rêve, tu ressemblais à un elfe, ou à une princesse. Je sais que tu es devenue aussi belle que dans mon rêve, car j'ai vu une photo de toi dans le journal. Te voilà célèbre, mon Ellen adorée, et tu es si rayonnante que je me demande de qui tu as hérité ces traits. Ce doit être de ton père, bien que je n'aie pas un souvenir particulièrement bon de sa personne.

Laisse-moi te raconter comment se passe la vie à la ferme. Beaucoup de choses ont changé dans mon existence. Je suis une paysanne, à présent. Je porte un fichu et j'ai appris à traire les vaches. D'après Per, c'est un véritable exploit. C'est vrai que ça n'a pas été simple. Au début, je tirais si fort sur les pis que les pauvres bêtes meuglaient nerveusement en m'apercevant.

Mais j'ai persévéré, et les vaches ne sont plus en colère contre moi ; du moins, c'est ce qu'il me semble. Les journées de travail commencent à l'aube, « l'avenir appartient à ceux qui se lèvent tôt », affirme Per, mais je ne suis pas tout à fait d'accord avec lui. C'est dur de sortir du lit à quatre heures et demie ! Enfin, je ne me plains pas, je suis bien ici. Je bois beaucoup de lait et je prépare le pain avec de la vraie farine. Ça se voit : je me suis remplumée et on ne voit plus mes côtes. Avant de terminer cette lettre, je vais te confier un secret. J'ai dû attendre quelques semaines pour être sûre que tout aille bien, et je peux maintenant l'annoncer : à la fin du printemps prochain, tu auras un petit frère ou une petite sœur ! J'espère de tout cœur que tu pourras venir rencontrer le bébé.

Je t'embrasse très fort,
Ta maman.

19

Alors que le printemps s'installait progressivement, madame Zénitha décida de dresser le chapiteau à Malmö. Notre spectacle avait peu changé. Je continuais à présenter mes figures de contorsionniste et à participer au numéro de voltige avec Eskil et ses chevaux. Welda, buste dénudé, faisait danser ses caniches Mizzy et Lizzy, tandis qu'Allan soulevait des chevaux, mais aussi des personnes choisies dans le public. À Malmö, grâce au climat plus chaud, il était beaucoup plus confortable d'habiter une roulotte. Ce séjour dans le sud du pays fut pour moi l'occasion de vivre de nouvelles aventures.

– Ma chère petite Ellen, aujourd'hui, nous partons en balade, m'annonça Welda un jour de relâche.

Elle cligna de l'œil si fort que ses faux cils restèrent collés.

— Tu vas m'accompagner à Copenhague, la ville de l'aventure, et tu entreras dans un vrai cabaret !

Du menton, elle m'indiqua le port, où l'on apercevait, entre les arbres, les ferrys en partance pour le Danemark. Copenhague. Quelle chance ! Tout semblait si fascinant là-bas ; à en croire ce que Welda et d'autres artistes avaient raconté, c'était la capitale des cabarets et des numéros inouïs. En vérité, je n'avais aucune idée de ce qu'était un numéro inouï, et j'allais enfin avoir l'occasion de le découvrir. Cependant, madame Zénitha constituait un sérieux obstacle à ce projet.

— Madame ne me laissera jamais partir.

En disant cela, je sentis l'espoir m'envahir. Si seulement Welda pouvait la convaincre ! Elle cligna à nouveau de l'œil, et les cils supérieurs tombèrent et s'accrochèrent dans sa barbe. Elle les repêcha avec ses ongles longs et les remit en place.

— Ne t'inquiète pas, je m'occupe de ça. Parfois, il vaut mieux ne pas tout raconter. Ce qui n'a rien à voir avec le mensonge, précisa-t-elle en levant l'index, tandis qu'un sourire se dessinait sur ses lèvres.

Elle me laissa assise en haut des marches menant à sa roulotte et se dirigea à grandes enjambées vers celle de madame Zénitha.

Il se passa une éternité avant qu'elle ne revienne. Je n'osai pas bouger, de peur de manquer son retour.

Mary m'invita à prendre une limonade dans un café, mais je refusai ; je déclinai même la proposition d'Erik d'aller voir un poulain qu'il désirait acheter pour le cirque. Lorsque Welda revint enfin, je m'étais endormie, la tête contre la paume de la main.

— Allez, allez, dépêche-toi, fillette, nous plions bagage ! dit-elle, ravie.

L'esprit ensommeillé, je me secouai pour m'assurer de ce que je venais d'entendre.

— J'ai la permission ?
— Bien sûr ! J'ai tout arrangé.

Elle me suivit vers ma chambre et se pencha tout près de moi pour me chuchoter :

— Mais pas un mot sur notre destination. Nous partons en excursion, point. Les autres n'ont pas besoin d'en savoir plus.

Puis, après m'avoir conseillé de prévoir des vêtements chauds, elle disparut dans le campement.

Je fourrai un gilet en laine et des collants épais dans ma valise et filai l'attendre devant sa roulotte. Je finis par toquer à la porte, sans obtenir de réponse. D'habitude, Mizzy et Lizzy aboyaient au moindre visiteur. Soudain, je perçus un cri de chien, puis un autre, provenant du bout du chemin. Je me retournai et, à ma grande surprise, j'aperçus les caniches accompagnés d'un homme robuste. Avait-il dérobé les chiens de Welda ?

J'allais appeler Eskil lorsque l'individu se retourna. Je plissai les yeux pour être sûre d'avoir bien vu. L'homme n'était autre que Welda. Elle portait un pantalon gris, une chemise bouffante blanche et une veste. Une casquette noire cachait sa chevelure. Lorsqu'elle s'approcha de moi, je découvris que son visage ne portait plus la moindre trace de maquillage. C'était bien Welda, mais sous l'apparence d'une autre personne.

— Reprends tes esprits, fillette ! Je me suis changée parce que je ne veux pas attirer l'attention, sur le bateau. Nous allons faire une agréable traversée, totalement incognito.

Elle déposa Lizzy et Mizzy dans la roulotte, et nous nous hâtâmes de quitter le cirque.

Nous allions embarquer à bord de l'*Öresund*, un énorme bateau à hélice. La longue cheminée blanche bordée de noir semblait aussi haute que deux maisons empilées. Entre les deux mâts, une guirlande de fanions ondoyait au vent. Je ressentis une légère panique à la vue des canots de sauvetage blancs disposés en contrebas. Mary m'avait raconté la grande tragédie du naufrage du *Titanic* ; il n'y avait pas eu assez d'embarcations pour tous les passagers.

— Y a-t-il un canot de sauvetage pour nous aussi ? demandai-je en pointant un index tremblant vers le bateau.

Welda me caressa les épaules pour me rassurer :

— C'est le ferry le mieux équipé de toute la Scandinavie.

Elle me guida parmi la foule amassée sur le quai dans l'attente du départ. Soudain, je pensai à une chose : nous n'avions pas de billets, et les deux pièces de cinq centimes enfouies au fond de ma valise ne suffiraient certainement pas à payer la traversée.

— Je n'ai pas beaucoup d'argent.

— Je m'occupe de tout.

J'allais protester, mais Welda m'ébouriffa les cheveux.

— Disons que c'est un cadeau que je te fais, comme un cadeau de Noël en retard, dit-elle.

Je pensai aux gants tricotés qu'elle m'avait déjà offerts à Noël.

La foule était de plus en plus dense à l'embarquement. Je serrais fort la main de Welda de peur qu'elle ne se volatilise dans la cohue. Lorsque nous pûmes enfin monter à bord, nous nous postâmes sur le pont. Je saisis fermement le bastingage métallique qui évitait aux passagers de tomber dans l'eau scintillante. L'odeur de la mer fit remonter des souvenirs. Je fermai les yeux. Pendant quelques secondes, je me retrouvai sur la place de la Criée, au beau milieu des chamailleries des vendeuses de poisson et des feulements des gros matous se disputant leur butin. Je ressentis une douleur en pensant à ma maman, je l'entendis même prononcer mon nom.

Lorsque j'ouvris les yeux, nous avions largué les amarres, et des mouettes encerclaient le bateau en criant. Sur le quai, quelques personnes agitaient des mouchoirs blancs. Je fis signe en retour et continuai à les fixer jusqu'à ce qu'elles deviennent de petits points noirs au loin.

Nous étions serrés sur le pont, et l'air se rafraîchit sensiblement à mesure que nous voguions vers le large, mais la traversée me plut beaucoup.

Autour de nous, certains passagers vomissaient par-dessus bord, mais Welda et moi ne souffrîmes pas du mal de mer.

— Tu as le pied marin, affirma Welda en déballant deux sandwiches et une salade de pommes de terre qu'elle avait emportés.

Les sandwiches glissaient entre nos sièges, je trouvais ça amusant.

— Abracadabra !

Welda sortit une bouteille de limonade de son autre poche. Les autres passagers nous jetaient des regards envieux tant nous étions à l'aise sur ce bateau ; la houle ne nous empêchait pas de nous régaler.

Après que nous eûmes partagé ce déjeuner, Welda me proposa une partie de cartes. Nous aimions jouer aux cartes, au cirque, c'était un moyen de nous détendre entre les entraînements laborieux et les représentations. Parfois, nous jouions le soir après le spectacle. Welda appelait ça la « décompression ». Son jeu favori était le poker. Eskil, Mary et Allan y participaient, et chacun misait un centime. Ils conservaient la monnaie dans de vieux flacons de médicaments, puis ils versaient la cagnotte en tas sur la table. Avec Welda, je ne jouais pas au poker, car c'est moins intéressant à deux. Nous préférions la bataille et le huit américain. Je gagnais deux fois plus souvent qu'elle, mais je la soupçonnais de faire exprès de perdre. Cela faisait partie de sa personnalité si généreuse.

La traversée dura deux heures. Le temps passa très vite, car j'étais concentrée sur mon jeu. Je pensais soudain à Lizzy et Mizzy : qui allait les sortir et leur donner à manger ? Welda me rassura ; elle avait confié les chiens à Mary.

— J'espère qu'elle ne vendra pas la mèche ; j'ai été obligée de lui dire où nous allions, avoua Welda en posant un as sur le tas de cartes.

20

Aujourd'hui, lorsque je repense à ma première visite de Copenhague, les souvenirs qui me viennent à l'esprit sont la fête, l'ambiance mystérieuse, et les tartines de pain complet aux multiples garnitures.

J'eus l'impression d'entrer dans un conte de fées. Les avenues bordées de maisons serrées les unes contre les autres fourmillaient de gens. À chaque coin de rue, des vendeurs proposaient des fleurs, des brioches ou des amandes grillées. Un parfum de caramel embaumait la ville. J'observais avec délectation les marchands tourner la louche d'une main habile dans les chaudrons en cuivre noircis par les flammes. Welda s'aperçut de ma fascination et me tira gentiment par l'épaule :

– Ce n'est pas l'heure des friandises, mon petit cœur, il faut d'abord que tu goûtes au plat typique du pays !

Elle m'éloigna des boutiques aux vitrines miroitantes et m'entraîna dans un dédale de ruelles. Les dames et messieurs élégants laissèrent place à des marins et à des individus dépenaillés. Je fronçai le nez lorsqu'un passant édenté aux vêtements crasseux me bouscula en titubant. Son odeur de transpiration et de vieille urine me fit reculer.

— 'Scuse-moi ! lança-t-il avant de continuer son chemin sur le sol pavé.

— Ne prends pas cet air réprobateur, ma chérie. Tu vas bientôt goûter aux meilleures tartines de la ville, m'encouragea Welda. Nous allons d'abord dire bonjour à quelques amis et leur proposer de nous accompagner. Je leur dois une bière, ajouta-t-elle avec un clin d'œil.

Je restai près d'elle pour éviter d'être à nouveau importunée par un marin éméché. Ça sentait mauvais dans ces ruelles. Lorsque je me baissai pour caresser deux chats efflanqués qui se frottaient à nos jambes, Welda s'empressa de me relever.

— Ces pauvres bêtes ont des maladies, il vaut mieux ne pas les toucher, expliqua-t-elle en me prenant la main.

Nous fîmes une centaine de mètres et Welda s'arrêta devant une grande porte noire :

— Nous y voilà !

Je regardai la maison en briques grises et tentai de déchiffrer l'inscription qui figurait à l'entrée.

— « Cabaret », prononçai-je tandis que Welda donnait quelques coups énergiques contre la porte.

On nous ouvrit dans un grincement, et une drôle de figure apparut. Elle était poudrée de blanc et ressemblait à une femme, mais c'était un jeune homme vêtu d'un costume. Il me regarda d'abord, puis Welda. Enfin, ses yeux s'illuminèrent.

— Je ne t'avais pas reconnue dans ces tristes vêtements ! s'exclama-t-il en tendant les bras.

Welda l'embrassa chaleureusement et se mit à lui parler dans une langue que je ne connaissais pas ; on aurait dit qu'elle avait la bouche pleine de purée. Je distinguai uniquement mon prénom à la fin de sa phrase, tandis qu'elle me désignait de la main. Je hochai doucement la tête vers le jeune homme, qui s'approcha gaiement et me fit une brève accolade.

— Sois la bienvenue. Les autres sont à l'intérieur, dit-il en ouvrant la porte en grand.

Nous pénétrâmes dans la maison, mais je restai près de Welda. Les murs du vestibule étaient couverts de tapisserie rose aux motifs rouges entrelacés. Au fond de la pièce pendait un rideau de velours épais, rouge carmin. Nous avançâmes pendant que Welda continuait à discuter avec son ami dans cette langue étrange. L'odeur était bizarre, forte et douce à la fois, mêlée de temps à autre à un effluve âcre.

Le jeune homme se faufila sous le rideau. Je me penchai sur le côté pour voir ce qui se cachait derrière. Quel choc ! Je dus pousser un cri, car toute l'attention se tourna aussitôt vers moi. Nous étions dans un grand salon. Les murs étaient rouge foncé comme le rideau, et ils étaient ornés de vignes dorées enchevêtrées.

Le centre de la pièce était occupé par une scène circulaire dont la peinture dorée, au sol, était très écaillée. Autour, sur de petits podiums éclairés par des lampes fixées à leur base, se tenaient les personnages qui m'avaient surprise. Tous étaient enveloppés d'une fumée brumeuse. L'espace d'un instant, leurs visages et leurs corps étaient visibles, et, l'instant suivant, ils disparaissaient dans le brouillard. Ils m'effrayaient, mais je ne pouvais m'empêcher de les regarder.

Sur le premier podium, un homme brun était assis sur une chaise. Il portait un veston violet scintillant de paillettes, mais, en dessous, il n'y avait rien : il lui manquait la partie inférieure du corps. Timidement, je me penchai davantage pour voir s'il était blessé ; je ne vis aucune tache de sang. L'homme me lança un bref regard, et je reculai aussitôt de quelques pas.

Avec effroi, je tournai la tête vers une autre estrade miniature. J'y vis un homme ; ses cheveux gris ébouriffés portaient à croire qu'il était plus âgé que le premier. La fumée se dissipa quelques secondes et je pus distinguer son visage, ou du moins ce qu'il en restait : un œil bleu foncé qui semblait me fixer.

Je nageais en plein cauchemar. J'allais m'enfuir lorsque j'entendis de la musique. Au pied du troisième podium se tenait l'homme qui nous avait accueillies. Il avait mis en marche un gramophone et la mélodie s'échappait du grand pavillon. Sur la scène, deux filles semblables à des poupées dansaient à pas rapides en agitant les mains. Elles n'étaient pas plus grandes qu'un enfant, mais elles avaient un corps et un visage d'adulte. Étaient-ce des trolls ? Elles semblaient jumelles. Elles avaient de longs cheveux blonds aux boucles anglaises, portaient un rouge à lèvres vif et une robe courte à franges en soie noire. Un bandeau violet garni de deux plumes noires leur cernait le front. Lorsque la musique ralentit, elles firent tournoyer leurs colliers de perles blanches tout en exécutant un dernier pas de danse. Pour terminer leur numéro, elle se tapèrent dans les mains.

Le son du gramophone crépita puis la musique s'arrêta, et Welda applaudit avec enthousiasme. Les petites poupées tournèrent sur elles-mêmes et s'inclinèrent très bas pour saluer le public. L'homme sans visage siffla, tandis que, de l'autre côté, le demi-homme faisait signe à Welda.

21

Des cris de joie fusèrent et les petites femmes sautèrent du podium pour se jeter dans les bras de Welda, qui les berça comme une mère berce ses deux nouveau-nés.

Le jeune homme qui nous avait ouvert semblait indifférent à cette agitation. Muni d'un tournevis, il était occupé à bricoler de petits récipients en verre disposés à côté de la scène. Il avait dû remarquer mon air effrayé, car il s'approcha de moi en me présentant l'un de ces pots. Celui-ci dégageait l'odeur forte et douce que j'avais trouvée désagréable.

— Encens et vapeur d'eau : ça dégage de la fumée et un parfum subtil, n'est-ce pas ?

Je reculai d'abord, puis finis par me pencher et découvris avec soulagement que ces vases transparents ne présentaient aucun danger. Le salon paraissait moins sinistre depuis qu'on avait allumé les lampes et que la fumée s'était dissipée. Cependant, j'évitais encore de regarder le demi-homme et le personnage sans visage.

— L'estrade que tu vois là-bas n'attend plus que Welda, m'expliqua le jeune homme en m'indiquant une scène vide à l'extrémité de la pièce. C'était la sienne autrefois.

— Taratata ! s'écria Welda, qui portait encore les naines dans ses bras. Cette scène a accueilli au moins quatre artistes depuis mon départ.

Elle reposa les deux femmes au sol et énuméra sur ses doigts :

— L'homme-hippopotame, l'enfant poilu, la fillette aux quatorze doigts. Il en manque…

— Les siamoises, qui venaient d'Allemagne, ajouta le demi-homme.

Welda hocha la tête.

— C'est vrai, je les avais oubliées. Tu m'en avais pourtant parlé dans ta lettre, Loulou, fit-elle remarquer en donnant une légère tape sur l'épaule d'une des naines.

— Welda, je veux m'en aller, dis-je en tirant sur son pantalon.

— Nous allons manger une tartine garnie comme je te l'ai promis, mais je dois d'abord te présenter à mes amis. La politesse, c'est important.

Mes jambes se mirent à trembler. Saluer les naines ne me posa aucun problème, mais je n'osai pas m'approcher de l'homme sans visage. Je n'eus toutefois pas le choix, car Welda me prit par la main et m'amena presque de force devant ses étranges amis.

— Voici Ellen, mon petit ange. C'est une artiste très douée, déclara Welda au pied du podium du demi-homme.

Je tendis une main peu assurée et l'homme avança les épaules dans un tel mouvement que je crus qu'il allait s'écrouler sur moi.

— Je m'appelle Kalle. Ravi de te rencontrer, dit-il en me serrant la main d'une poigne ferme et tiède.

— Kalle est originaire de Sundsvall, il vit à Copenhague depuis... depuis combien d'années, déjà ? lui demanda Welda.

— Depuis dix ans. J'adore Copenhague ! C'est ici que j'ai rencontré ma belle épouse et que sont nés nos cinq enfants. La seule chose qui me manque, c'est une paire de jambes, regretta-t-il en soulevant légèrement sa veste pour montrer le vide en dessous.

Welda rit en lui donnant un coup de coude, puis elle se dirigea vers l'homme assis sur le podium voisin. Pour éviter de le regarder, je préférais examiner mes pieds. Je frottai mes bottillons noirs poussiéreux l'un contre l'autre.

— Je ne suis pas dangereux, tu sais, j'ai été victime d'un incendie.

Je compris qu'il s'adressait à moi. Alors je levai doucement les yeux, jusqu'au niveau de son menton couvert de cicatrices.

— Mogens est danois. La ferme dans laquelle il était employé a pris feu. Il a réussi à sortir, mais il souffrait de graves brûlures, expliqua Welda en caressant sa peau abîmée.

— Je suis heureux d'être en vie. Tous les autres sont morts dans les flammes.

J'osai enfin lever la tête et remarquai une larme qui perlait au coin de son œil unique.

Welda, qui compatissait facilement, se secoua puis afficha un grand sourire :

— Qui veut nous accompagner pour le dîner ? C'est moi qui régale !

Devant l'approbation générale, elle dénicha un fauteuil roulant caché derrière la piste. Elle l'approcha de la scène, souleva Kalle et le déposa sur le siège. Mogens se leva, et les naines décrochèrent deux manteaux de poupées d'une patère.

— Allons-y les amis ! annonça Welda. Mais je dois d'abord dire une chose à Ellen, précisa-t-elle en voyant mon malaise persister.

Elle me prit à part et me caressa la tête :

— Ce sont des gens normaux. Ils ont juste une apparence différente.

— Mais c'était si terrifiant avec la fumée et l'odeur !

Welda soupira et s'accroupit à ma hauteur :

— Les spectateurs sont prêts à payer cher rien que pour nous voir, nous, les gens différents. Ils nous surnomment « les monstres ». Ce genre de cabaret pullule ici. Je suis moi-même montée sur un podium pour être observée par les curieux. Ce travail est mauvais pour l'esprit, mais il paie très bien. Mieux que le cirque.

Les deux naines appelèrent Welda avec enthousiasme. Elle me prit par la main et nous sortîmes pour rejoindre la petite troupe.

Quel spectacle ce dut être pour les passants lorsque nous déambulâmes dans les rues !

Welda ouvrait la marche, poussant le fauteuil de Kalle. Les roues se bloquaient sans cesse dans les pavés, mais Welda avait assez de force pour les décoincer. Kalle bondissait sur son siège comme une balle de caoutchouc, ce qui le faisait glousser. Je les suivais de près pour ne pas perdre Welda de vue. Derrière moi, Marcel, le jeune homme qui nous avait accueillies, avançait bras dessus, bras dessous avec Mogens. Enfin, Loulou et Margriet trottinaient derrière.

22

Au bout d'une dizaine de minutes, Welda s'arrêta devant un bar qui paraissait assez délabré.

Les fenêtres en demi-lune étaient embuées, mais on parvenait à distinguer les clients à l'intérieur. Il s'agissait pour la plupart d'hommes au visage rougeaud, avec un verre de bière à la main. De la rue, on percevait aussi des ricanements féminins.

La salle du bar était installée dans la cave d'un bâtiment gris, en pierre. Pour y accéder, il fallait descendre un petit escalier. Welda souleva énergiquement Kalle de son fauteuil et le porta en bas des marches, tandis que Marcel déplaçait le fauteuil devant une des fenêtres. En voyant Welda pousser la porte d'un coup d'épaule, j'hésitai à descendre. Les effluves de bière et de tabac m'étourdirent, mais d'autres odeurs agréables me firent gargouiller l'estomac.

— Les meilleures tartines garnies de Copenhague, chuchota une voix derrière moi.

Je tournai la tête et reconnus Mogens. À la lumière du jour, son visage paraissait plus bizarre encore. Mais, quand je croisai son regard amical, ma peur s'estompa. Ce seul œil dégageait une chaleur que je n'avais jamais ressentie jusque-là.

— J'ai une faim de loup, dis-je en lui souriant.

Il me fit une grimace en retour, ce que j'interprétai comme une réponse à mon sourire. Derrière nous, Margriet et Loulou se frottaient le ventre en jacassant avec excitation ; je devinai qu'elles étaient aussi affamées que moi.

Marcel rouvrit la porte, qui s'était refermée derrière Welda, et la tint pendant que nous passions. À l'intérieur, le bruit était plus fort que celui du public au cirque.

Assis à l'une des cinq longues tables de la salle, un vieil homme jouait de l'accordéon. Ses voisins s'étaient pris par le bras et se balançaient au rythme de l'air joyeux. Des tonneaux de bière étaient alignés sur le comptoir. À intervalles réguliers, d'appétissantes assiettes étaient apportées en salle. Les serveuses en tablier noir et chemise blanche à jabot couraient entre les tables. Leurs visages luisaient de sueur, mais elles prenaient quand même le temps de rire et de plaisanter avec les clients.

Derrière le comptoir, un homme ventripotent à la moustache brune en forme de guidon remplissait les chopes. Lorsqu'il aperçut Welda, il reposa si brusquement le verre qu'il était en train de préparer que de la mousse gicla sur le plateau :

— Welda, quelle surprise !

Il passa de l'autre côté du bar pour aller la serrer contre son tablier défraîchi.

— Preben, ça fait longtemps ! dit Welda.

Je n'entendis pas la suite, car Marcel avait repéré quelques places libres à une table et il m'y emmena. De très jolies dames assises à côté de nous riaient aux éclats en buvant du vin rouge dans de grands verres. Elles me sourirent, et je vis que leurs lèvres comme leurs dents étaient tachées de vin.

— Ce sont des chanteuses de cabaret, chuchota Marcel en leur adressant un signe de la main.

En voyant Margriet et Loulou, les dames se précipitèrent vers elles et firent mine de leur donner des baisers sans même toucher leurs joues.

— Margriet et Loulou sont très connues ici, me raconta Kalle, que l'on avait assis en face de moi.

Welda s'installa enfin à côté :

— Je t'ai commandé une tartine garnie, ma petite fleur. Une tartine au steak haché.

J'avais mangé du steak haché seulement deux fois dans ma vie ; ce n'était pas un plat courant au cirque. J'en salivais déjà.

Une serveuse arriva avec un plateau couvert d'assiettes. Lorsque je mordis dans ma tartine, je me crus au paradis. C'était si exquis que j'en eus des frissons. Mon estomac fut vite rempli, mais je terminai le plat jusqu'à la dernière miette, et je me léchai les doigts. En levant les yeux de mon assiette vide, je m'aperçus que Welda me regardait en souriant :

— C'est bon, hein ?

Elle me serra très fort dans ses bras et me murmura quelque chose à l'oreille. Je crus avoir entendu « Je t'aime », mais j'avais dû me tromper. Jusque-là, une seule personne avait prononcé ces mots pour moi : ma maman.

Une drôle de sensation me monta dans l'œsophage, je me raclai la gorge et laissai échapper un renvoi bruyant. Je rougis immédiatement ; j'avais attiré l'attention générale.

— Pardon, je ne l'ai pas fait exprès, balbutiai-je.

Mais Welda et Kalle éclatèrent de rire, et les autres suivirent.

— Cette fillette mange comme un homme ! dit Mogens en levant son verre de bière.

À présent, notre table était aussi bruyante que le reste du bar. Mes paupières s'alourdirent, mais j'étais tellement fascinée par les gens autour de moi que je ne voulais pas fermer les yeux.

— Je souhaite porter un toast ! Un toast en l'honneur de Welda et de la mignonne Ellen qui nous rendent visite aujourd'hui ! déclara Kalle en levant son verre.

L'homme à l'accordéon se remit à jouer, accompagné d'un violoniste. L'une de nos voisines entonna une belle chanson d'amour, que tous les clients reprirent bientôt en chœur. Puis l'accordéoniste eut soif et échangea son instrument contre une chope de bière. La fatigue me piquait les yeux ; je fermai les paupières et, presque aussitôt, je sombrai dans le sommeil.

À mon réveil, Welda était en train de me porter sur la passerelle d'embarquement.

— C'était une chouette excursion, n'est-ce pas ? dit-elle en m'ébouriffant les cheveux.

Je hochai la tête. Elle m'assit contre le froid bastingage et je me recroquevillai contre elle. C'était le soir, ou peut-être la nuit, et le clair de lune projetait de longues ombres sur le pont du bateau. Les nuits étaient encore fraîches. Welda sortit de mon sac l'épais gilet que j'avais emporté :

— Tiens, enfile-le, je ne voudrais pas que tu prennes froid. Madame Zénitha sera suffisamment fâchée de nous voir rentrer si tard. Je parie qu'à cette heure-ci, elle a déjà lancé les recherches.

En lisant la peur sur mon visage, Welda sourit comme pour adoucir ses paroles. Nous étions presque seules sur le pont, la plupart des autres passagers se réchauffaient à l'intérieur du bateau. En silence, je repensais aux amis de Welda, aux liens si forts et chaleureux qui les unissaient malgré leurs différences.

— Tes amis sont très gentils, dis-je en penchant ma tête sur son épaule.

— Oui, et ils me manquent souvent.

— Pourquoi tu les as quittés, alors ?

Sa mine se teinta brièvement de nostalgie :

— Même si nous étions bien ensemble, je ne me sentais pas à l'aise dans ce travail. Laisser les gens m'observer simplement parce que je suis différente. C'était... humiliant, parfois.

Elle me prit la main et continua :

— Mais il est important que tu saches que les gens peuvent être bons en dépit de leur apparence bizarre.

Un souvenir me revint soudain ; celui d'un proverbe que maman me répétait souvent : « On ne juge pas l'arbre à son écorce. » Je le dis à voix haute. Welda me regarda.

— Voilà qui est vrai, dit-elle en hochant la tête.

À notre retour au cirque, madame Zénitha ne voulut pas entendre nos explications. Nous l'aperçûmes de loin, dans son peignoir rose à fourrure. Furibonde, elle faisait les cent pas devant sa roulotte :

— Qu'est-ce que c'est que ces façons ? Que cette morveuse se soit échappée, à la limite, j'aurais pu m'y attendre, mais toi, Welda !

Sa voix sèche résonna dans le camp et les volets des roulottes s'ouvrirent avec fracas.

Welda prit un air penaud.

— Où étiez-vous passées ?

Madame tapa du pied au sol, faisant tourbillonner la terre sèche. Je me tournai vers Welda et vis ses yeux scintiller : madame ignorait que nous étions allées jusqu'à Copenhague, Mary n'avait pas vendu la mèche.

— Nous avons rendu visite à ma chère, très chère tante. Elle est malade, la pauvre. Ça a été dur de la quitter, répondit Welda en secouant lentement la tête.

Je regardais mes pieds, de peur que ma mine ne nous trahisse.

— J'espère au moins qu'elle n'a pas la grippe espagnole et que vous n'allez pas tous nous contaminer ! grommela madame.

— Oh non, c'est un cancer.

– Bon. Mais que ça ne se reproduise plus ! Et toi, Ellen, tu te lèveras à huit heures demain pour vider les toilettes. Et un double entraînement t'attend !

Sur ces mots, elle me poussa brusquement dans notre roulotte.

La vidange des toilettes était la pire corvée du cirque. Pourtant, allongée sur mon inconfortable matelas, je me sentais heureuse. C'est sur les images de Loulou et Margriet exécutant leur danse effrénée que je m'endormis.

23

Dalbo, le 23 mai 1921

Ma chère Ellen,

Les fêtes de Noël et de Pâques sont passées et nous n'avons pas encore pu nous revoir.

J'espère que tout se passe bien pour toi au cirque, et que l'écharpe que je t'ai envoyée te plaît.

Ici à la ferme, la chaleur est enfin arrivée et la végétation se développe. Sur la colline, les anémones des bois forment un magnifique tapis blanc.

Les céréales ont été semées, et j'ai préparé un potager pour cultiver des carottes et des betteraves, et même des haricots jaunes – on les appelle haricots beurre –, parce que je sais que tu les aimes. Peut-être que nous pourrons en récolter ensemble lorsque tu nous rendras visite ?

Je dois t'avouer que je suis malheureuse en ce moment. Ces dernières semaines ont été éprouvantes pour Per et moi. L'enfant que nous attendions est né prématurément, avec plus de deux mois d'avance. Per avait espéré qu'il porterait son nom et s'occuperait de la ferme à notre suite, mais il était bien trop minuscule. Il tenait dans mes mains. Il était bien formé, malgré sa peau rouge. Il avait des cheveux foncés comme ceux de Per et un petit nez comme le tien, mon Ellen adorée. Nous l'avons nommé August, en hommage à mon père. Le prêtre est venu le baptiser le jour de sa naissance. L'habit que j'avais cousu pour l'occasion était beaucoup trop grand, mais le bébé était beau dans la dentelle blanche. Puis je l'ai emmené à la maison et je l'ai gardé contre mon cœur, sous ma chemise, car il avait très froid. Le lendemain matin, à mon réveil, il n'était plus de notre monde.

Le temps a passé et la mélancolie s'estompe progressivement, mais ma joie de vivre n'est pas encore revenue. Ni les cerisiers en fleur ni le vol des papillons citron ne me réjouissent autant que lors des printemps précédents. Je garde espoir de retrouver bientôt mon enthousiasme.

Tu me manques terriblement, mon Ellen, et je pense souvent à toi et au réconfort que tu m'apporterais si tu étais à mes côtés.

*Je t'aime très fort,
Ta maman.*

24

Ce printemps-là, les disputes entre Eskil et Fleur s'intensifièrent. Les cris et les jurons en provenance de leur roulotte retentissaient dans tout le campement.

— Cessez de vous quereller ainsi, vous effrayez nos visiteurs ! hurlait madame Zénitha.

Alors le calme revenait, jusqu'à ce qu'une nouvelle scène éclate. La situation s'envenima le soir où Fleur sortit en furie de la roulotte qu'elle partageait avec Eskil, une grande malle à la main, et annonça qu'elle quittait le cirque.

Welda et moi pensions qu'il ne s'agissait que d'un caprice. Fleur avait un caractère si imprévisible qu'elle pouvait se mettre subitement en colère et disparaître pendant quelques heures. Mais, cette fois, elle ne revint pas. Il se passa un jour, puis deux, avant que madame Zénitha et le reste de la troupe comprennent qu'elle était partie pour de bon.

Le cirque se trouvait désormais privé d'une danseuse capable d'exécuter les numéros les plus techniques et les plus appréciés du public. Et il était impossible de compter sur Julia, l'apprentie cavalière, car elle nous avait quittés le lendemain du départ de Fleur. Elle aussi s'était disputée avec Eskil, et sa mère, une dame bourrue et potelée, était venue la chercher.

Nous étions donc obligés de revoir le programme du spectacle. Je dus apprendre de nouveaux numéros de voltige, et Mary et moi répétâmes une chorégraphie.

Abandonné par sa compagne et par Julia, Eskil s'était assombri ; de profondes rides marquaient son front. Mais personne n'osait évoquer ouvertement la perte de ces deux artistes, du moins, pas devant moi.

Au bout d'une semaine, madame suggéra l'idée de rechercher une nouvelle danseuse. Mais elle n'eut pas le temps de s'y mettre, car Fleur réapparut bientôt, aussi brusquement qu'elle avait disparu. Elle portait des souliers vernis rouges à hauts talons fermés par une bride autour de la cheville.

Personne ne m'expliqua où Fleur s'était absentée ni ce qui s'était passé entre elle et Eskil, mais je sentis néanmoins un changement : désormais, tout était fonction de la volonté de Fleur.

L'automne fut froid, et toutes les cartomanciennes que nous avions rencontrées avaient prédit que l'hiver serait rigoureux. Madame Zénitha et Eskil décidèrent par conséquent de suspendre la tournée du cirque pendant les mois les plus glacials. La troupe se sépara ; certains artistes furent engagés dans les spectacles de variétés des grandes villes, d'autres rentrèrent chez eux, en famille ou chez des amis.

J'étais convaincue que Welda nous suivrait, madame Zénitha, Eskil, Fleur et moi, mais, quelques jours avant le grand départ, elle m'annonça qu'elle comptait nous quitter.

— Quelqu'un m'attend, chez moi en Norvège. C'est mon grand-père, il a besoin de moi. Il m'a recueillie quand j'étais enfant, et aujourd'hui il est gravement malade.

Elle ferma les poings contre son cœur, et poursuivit :

— Je sens qu'il est plus important que j'aille le rejoindre que de rester au cirque.

— Et moi, alors ? Tu vas m'abandonner ?

Une larme au goût salé vint s'échouer au coin de mes lèvres.

— Ma chère Ellen, je ne t'abandonne pas. Mais ta vie est ici, au cirque. Là où je vais, ce n'est pas un endroit pour les enfants.

Elle me serra fort dans ses bras, mais ça ne suffisait pas. Tout en moi s'effondrait, exactement comme le jour où maman m'avait abandonnée. Madame Zénitha dut se douter que j'étais malheureuse, car elle fit tout son possible pour me prouver qu'elle savait être gentille. Elle m'offrit des beignets et me dispensa même de certains exercices.

J'évitai Welda durant les jours qui précédèrent son départ. J'inventai diverses excuses pour rester éloignée du campement. Je vis que mon comportement lui faisait de la peine, mais ma blessure était telle que je voulais qu'elle souffre aussi. Le jour du départ, j'avais l'estomac noué. Madame Zénitha et Mary tentèrent de me convaincre de les accompagner à la gare, mais je refusai.

Assise dans un coin de la roulotte, les genoux repliés sous mon menton, je ne daignai même pas embrasser Welda, bien qu'elle me tendît les bras, le regard triste.

Dès qu'elles furent parties, je grimpai sur mon lit et regardai par la fenêtre, le cœur lourd.

Je saisis le pull en laine que Welda m'avait tricoté. Je l'étirai de toutes mes forces jusqu'à former un trou dans l'une des manches, je le jetai sous le lit, puis je me couchai et tirai la couverture sur ma tête.

Je fus grincheuse pendant quelque temps. Je me fichais de l'appartement que Fleur nous avait trouvé pour passer l'hiver, tout comme de l'écurie où Eskil avait obtenu une place pour ses chevaux ; elle appartenait à un cavalier célèbre et nous allions pouvoir nous entraîner dans le grand manège.

Mais la vie au cirque est riche en rebondissements, et un nouvel évènement allait bientôt dissiper ma tristesse.

25

Dalbo, le 18 octobre 1921

Ma chère Ellen,

Voici venu l'automne. Ce fut un bel été ici, à la ferme. Les récoltes ont été bonnes, la cave est remplie de pommes de terre. Per en a aussi vendu une partie en ville lors de ses livraisons de lait.

Mon état s'améliore, ma mélancolie s'en va. Je me rends plusieurs fois par semaine sur la tombe d'August pour y déposer des fleurs fraîches. Je m'y assois et réfléchis à la vie pendant un moment. C'est agréable.

Je m'informe à nouveau de ce qui se passe dans le monde et je me réjouis que les femmes obtiennent enfin le droit de vote dans notre pays. Il était grand temps!

Étant donné que cette lettre va tarder à arriver jusqu'à toi, je peux te l'annoncer : je suis de nouveau enceinte ! Cela fait plusieurs mois maintenant, mais seul Per est au courant. J'ai préféré le cacher parce que je n'aurais pas supporté les félicitations et les vœux de bonheur trop en avance. Je garde en mémoire ce qui s'est passé la dernière fois. Je n'aurai pas la force de perdre un autre enfant.

J'espère t'apporter une bonne nouvelle à ma prochaine lettre !

Toute mon affection,
Ta maman.

26

Nous logions dans un deux-pièces sombre et exigu au troisième étage d'un immeuble gris. L'appartement était froid et un peu humide. Dans la chambre que je partageais avec madame Zénitha, le papier peint commençait à se détacher d'un mur. Cela ne semblait pas contrarier la directrice, qui nous faisait souvent remarquer que le loyer était faible.

Ce jour-là, elle était sortie pour aller prendre un café dans un salon de thé du quartier. Elle n'avait rien précisé, mais j'avais deviné qu'elle avait rendez-vous avec Allan, qui louait une chambre à quelques rues de chez nous. Sa photo trônait sur la vieille table de nuit à côté du lit de madame, et elle prétextait souvent une course pour aller le retrouver. Je la trouvais ridicule, car Allan ne lui avait jamais témoigné le moindre intérêt.

Ni Fleur ni Eskil n'étaient là. Ils devaient être allés s'entraîner au manège. J'étais habituée à rester seule. J'appréciais ces heures libres, si rares pendant les tournées.

Assise à la table bancale de la cuisine, je dessinais des vêtements pour une poupée en papier. Je l'avais découpée dans un magazine que l'ancien locataire avait laissé dans l'appartement. La collection de ces poupées en papier était ce qu'il y avait de plus amusant pour moi, plus encore que de regarder les vitrines des magasins de jouets. J'en avais trouvé neuf en tout, que je conservais dans une ancienne boîte à cigares. Je pouvais passer des heures à leur dessiner des costumes.

Soudain, j'entendis du bruit derrière la porte. Je posai mon crayon et tendis l'oreille. Il s'agissait de petits cris légers, comme des miaulements. C'était peut-être un chaton ? Je me levai d'un bond pour aller ouvrir.

La porte heurta un obstacle, je la poussai prudemment. Sur le palier, je découvris un petit panier à linge couvert d'un plaid bleu, d'où provenaient les cris. Je soulevai prudemment la couverture, et ma surprise fut telle que je fis un bond. Ce n'était pas un chaton, mais un nourrisson. Il gesticula un peu, les poings fermés, puis bâilla profondément. Je jetai un regard dans la cage d'escalier, mais, visiblement, personne n'accompagnait l'enfant. Alors j'emportai le panier dans la cuisine et fermai la porte derrière moi.

Le claquement fit sursauter le bébé, qui se mit à crier. Je dus me boucher les oreilles, le son était insupportable. Je soulevai l'enfant avec précaution ; j'eus très peur, car sa tête tomba en arrière, comme si elle n'était pas soutenue. « C'est peut-être pour ça qu'on l'a abandonné, parce qu'il a un problème », pensai-je. Je le reposai dans son panier, mais ses pleurs redoublèrent d'intensité. J'enfonçai mon pouce droit dans sa petite bouche, car je me souvins que cela me réconfortait lorsque j'étais plus jeune. La technique semblait marcher : le bébé se mit à téter, mais, dès que je retirai mon pouce, les cris reprirent. Je restai donc accroupie dans cette position inconfortable, afin que le bébé s'apaise.

Lorsque madame Zénitha rentra quelques heures plus tard, je n'avais pas bougé. J'entendis à ses pas décidés que son rendez-vous au salon de thé ne s'était pas bien déroulé. À la vue du panier posé au sol à côté de moi, sa colère se transforma en stupéfaction.

— Mon Dieu !

Avec délicatesse, elle sortit le bébé du panier et le prit dans ses bras.

— Attention, il a un problème, dis-je en indiquant sa tête.

— Mais non, il n'a pas de problème. Les nouveau-nés n'ont pas assez de force pour tenir leur tête, m'expliqua-t-elle sur un ton supérieur.

Au même moment, Eskil et Fleur rentrèrent :

– Qu'est-ce que…

Eskil fixa avec effroi l'enfant que madame Zénitha portait. Elle me le tendit en me montrant comment placer mon bras sous sa tête pour éviter qu'elle ne bascule.

– Il faut que nous sachions à qui appartient cet enfant.

Elle passa la main sur l'intérieur du panier et sous le tissu du fond, puis elle secoua le plaid.

Une lettre tomba comme un flocon de neige géant sur le plancher en bois. Eskil semblait perturbé : il avait les bras ballants, la bouche entrouverte, et la sueur perlait à son front malgré la fraîcheur qui régnait dans la cuisine.

Je crois que tous sauf moi savaient déjà à qui était l'enfant. Tour à tour, ils parcoururent la lettre, et Fleur finit par hurler :

– C'est le tien !

Elle chiffonna la lettre et la jeta par terre, puis elle quitta l'appartement en furie en claquant la porte.

– C'est ton enfant ? demandai-je.

Mais Eskil avait le regard vide et ne répondit pas. Madame reprit le bébé et l'emmena dans la chambre d'Eskil et Fleur.

– Eskil, viens ici ! ordonna-t-elle à son frère comme s'il s'agissait d'un jeune garçon désobéissant. Et toi, ajouta-t-elle à mon intention, continue tes dessins.

Tous deux s'enfermèrent dans la chambre.

Welda disait toujours que la curiosité bien placée est saine. Qui aurait été capable d'ignorer la lettre en boule sur le sol ? Pas moi, en tout cas. Cachée sous la table de la cuisine, je défroissai le morceau de papier :

À l'attention d'Eskil Pettersson

Comme tu t'en doutes, tu es le père du petit Martin.

Étant donné ma situation actuelle, je ne peux pas m'occuper de lui. J'ai trouvé un travail à Stockholm et je partage une chambre avec trois autres filles ; il n'y a pas de place pour un bébé ici.

Puisque tu n'as pas voulu m'aider l'été dernier lorsque je t'ai appris ma grossesse, te voilà responsable de l'éducation de Martin.

Je ne te demande que deux choses : ne laisse pas Martin devenir acrobate, car le risque de blessures est trop grand. Et répète-lui souvent que sa maman l'aime très fort.

Julia Eriksson.

La lecture de cette lettre apporta une réponse à plusieurs de mes questions. Cependant, je trouvais que Julia avait mal agi. Une mère ne devrait jamais abandonner son enfant.

Je savais pourtant que le petit Martin serait bien avec Eskil. C'était un homme bon, malgré tout. Et je pensais aussi que ce serait amusant d'avoir au cirque un enfant avec qui jouer.

La réalité fut différente. Je ne savais pas qu'un bébé passe son temps à dormir, manger et hurler. Le petit Martin souffrait de maux d'estomac, il nous réveillait la nuit par des cris stridents. Fleur, qui revint au bout de quelques jours, n'avait pas tout à fait pardonné à Eskil, mais elle acceptait la situation. Toutefois, elle ne se levait pas la nuit pour calmer le bébé, car c'était la responsabilité d'Eskil. Ce nouveau rythme modifia le visage d'Eskil : il avait des cernes noirs sous les yeux, le regard absent et le teint livide. Bien entendu, l'entraînement avec les chevaux fut moins régulier.

Au départ, je crus qu'on allait me demander de m'occuper du bébé, mais je me trompais. Madame Zénitha avait bien d'autres projets pour moi.

27

— Debout !

Madame Zénitha me secoua si violemment que je faillis tomber du lit. Je dus lutter pour ouvrir les paupières, comme si elles étaient collées avec du miel.

Il faisait encore nuit noire. Je ne comprenais pas pourquoi elle m'avait réveillée si tôt. Il s'était peut-être passé quelque chose ? Martin avait hurlé pendant plusieurs heures au cours de la nuit. Était-il malade, ou mort ? Ces pensées tourbillonnèrent dans mon cerveau jusqu'à ce que madame me tire du lit :

— Habille-toi, on est pressées !

Je me hâtai de suivre ses consignes, et, lorsque j'entrai dans la cuisine, elle m'avait préparé des tartines et un verre de lait. Ce lever aux aurores ne rendait pas madame plus joyeuse que d'habitude. Elle avait la bouche tombante, et son rouge à lèvres avait débordé au-dessus de sa lèvre supérieure. Elle devait pourtant manigancer quelque chose, car elle portait l'une de ses plus belles robes, en soie bleu foncé, qu'elle avait assortie de sa vieille fourrure en renard.

Quant à moi, j'étais vêtue d'un manteau démodé couleur anthracite qu'une ancienne apprentie du cirque m'avait donné. Fleur l'avait retouché de son mieux pour qu'il soit à ma taille, mais il pendait encore comme un sac à patates sur mon maigre corps.

Il faisait froid dehors et ma respiration formait des nuages de buée. La directrice du cirque Formidable me tira vers la rue principale ; ses bottillons claquaient sur les pavés. Les lampadaires répandaient leur lumière blanche sur les façades des maisons. On entendit le faible tintement de la cloche d'un tramway, et madame se mit à courir. L'arrêt était situé une dizaine de mètres plus loin.

– Attendez !

Elle agita les bras pour attirer l'attention du conducteur, qui patienta jusqu'à ce que nous ayons rattrapé la voiture.

Madame souffla en montant à bord du tramway. Une fois les tickets payés, elle s'effondra sur le siège le plus proche de l'entrée. Il n'y avait plus de place dans la partie avant de la voiture, alors je gagnai l'arrière pour m'asseoir. J'ignorais toujours notre destination ; c'était excitant et inconfortable à la fois. Je pressentais que notre but n'allait pas me plaire. J'appuyai mon front contre la vitre froide et fermai les yeux.

— Ici, c'est ici ! s'écria madame en indiquant du menton un bâtiment en pierre jaune.

Nous avions passé quelques stations, et déjà madame faisait retentir l'avertisseur et me poussait vers la sortie.

Sur l'imposant bâtiment, une grande horloge indiquait huit heures cinq, et, au-dessus de l'horloge, je déchiffrai sur un panneau blanc allongé l'inscription : *École de filles*.

— Une école ? m'étonnai-je.

Madame acquiesça, me prit la main, et nous traversâmes la cour vide. Mon estomac se noua, je me sentis mal à l'aise.

— Il faut que j'aille aux toilettes, dis-je en secouant sa main.

Elle ne m'écouta pas et monta les marches qui menaient à l'entrée.

— C'est urgent ! insistai-je.

Ma voix résonna dans le couloir désert. Le long du mur, divers manteaux, capes et bonnets étaient suspendus à des crochets. Madame s'arrêta enfin devant une porte.

— Ce doit être ici, marmonna-t-elle en toquant assez fort.

La porte s'ouvrit aussitôt, et une dame au chignon serré passa la tête dans l'entrebâillement. Derrière elle, j'aperçus une vingtaine de visages curieux.

— Mademoiselle Mannerström ? demanda madame Zénitha.

L'autre hocha la tête.

— Voici la petite Ellen dont je vous ai parlé, dit madame d'une voix mielleuse.

— D'accord. Nous ne lui avons pas encore réservé de place, mais en attendant elle peut s'asseoir au fond de la classe, à côté de Sonja.

Ma douleur au ventre empirait. Je voulais me réfugier aux toilettes, mais madame me poussa, de sorte que j'atterris de l'autre côté du seuil.

Dans la salle, il n'y avait que des filles qui me toisaient de la tête aux pieds. Je me dépêchai d'ôter mon manteau et d'aller le suspendre à un crochet libre dans le couloir. À mon retour, plusieurs élèves s'étaient approchées les unes des autres.

— Je parie qu'elle a des poux, dit l'une d'elles, assez haut pour que je l'entende en passant dans le rang.

— Elle vient d'un cirque. Il n'y a que des gitans là-bas. Elle doit en être une aussi, ricana sa voisine.

Les commentaires de ces deux filles ne furent que le début de longs tourments. La rumeur selon laquelle j'étais une pouilleuse circula dans toute l'école. Pendant les pauses, je restais seule. Personne ne voulait parler avec moi, mais toutes ne parlaient que de moi. Lorsque je pendais mon manteau à un crochet, les autres déplaçaient leurs vêtements.

Mademoiselle Mannerström n'était pas plus gentille à mon égard. Elle me regardait en plissant les yeux et me posait souvent les questions les plus difficiles. L'enseignement que j'avais reçu au cirque comportait de sérieuses lacunes. Je savais certes lire sans trébucher sur les mots, mais j'avais du mal à écrire. Et c'est en vendant des friandises aux spectateurs que j'avais acquis mes seules connaissances en mathématiques.

— Eh bien, c'est au tour d'Ellen de compter au tableau, dit l'institutrice une semaine après mon inscription.

Je fixai le tableau noir, où elle avait écrit un nombre à deux chiffres sous un nombre à trois chiffres, l'ensemble souligné d'un trait. Les coups de baguette résonnaient contre le tableau. J'avançai et pris une craie. J'avais l'impression que tout allait au ralenti. J'observai les nombres, puis regardai les extrémités de mes doigts que la craie avait poudrés de blanc.

— Ellen sait effectuer des multiplications, n'est-ce pas ?

Mademoiselle Mannerström fit claquer la baguette sur son bureau comme sur une caisse claire. Je restai immobile. Mes joues me brûlaient et mes pieds semblaient scellés dans le sol. Les chiffres devinrent flous, je n'arrivais plus à me concentrer.

— Bon, Ellen, vas-tu nous donner le résultat ?

Je baissai les yeux, puis secouai vivement la tête.

— Eh bien, Ellen ne connaît pas les bases des mathématiques, dirait-on. Elle mérite le piquet, qu'en pensez-vous ?

Un chœur de voix répondit « oui » et mademoiselle Mannerström m'indiqua le coin à côté du bureau. Une fille prénommée Lisen fut envoyée au tableau pour effectuer l'opération. En passant devant moi, elle chuchota :

— Tu n'as rien à faire ici, la gitane. Retourne dans ton cirque de pouilleux !

Les paupières gonflées de larmes, je fermai les yeux de toutes mes forces, et ne répondis pas.

À la sonnerie, toutes quittèrent la classe. Je restai jusqu'à ne plus entendre de pas ni de voix. Puis j'ouvris les yeux et me tournai. La salle était vide.

Je pris mon manteau et sortis dans la cour. Lisen était debout sur les marches, entourée d'autres filles :

— Attention, voilà la gitane, elle pue le crottin.

Soudain, je ressentis comme une boule de feu dans mon thorax. Je dévalai les marches jusqu'au niveau de Lisen.

— C'est toi qui pues la pisse, espèce de truie, lançai-je.

Puis je serrai mon poing droit et le lui envoyai en

pleine face. Son sourire moqueur disparut, elle gémit puis tomba à genoux, les mains sur son visage. La dernière chose que je vis avant de me mettre à courir fut le sang qui coulait entre ses doigts et formait des taches rouges sur la neige immaculée.

28

Après l'incident dans la cour, je ne retournai plus jamais à l'école. En rentrant à l'appartement, je reçus une gifle de madame Zénitha, mais je pense qu'en fait, elle eut pitié de moi.

— Ce genre d'école n'est pas fait pour nous. Il n'y a que des petits morveux qui se croient les meilleurs. Mais, en réalité, ils ont plus de merde dans leur culotte que tous les artistes de cirque réunis, dit-elle.

Et l'affaire fut close.

Madame Zénitha engagea une dame qui vint me faire la classe quelques heures chaque jour. Elle s'appelait Karla, et était institutrice à la retraite. Elle complétait sa maigre pension en donnant des cours particuliers à des enfants qui, pour quelque raison, ne pouvaient aller à l'école. J'appris par la suite que Karla avait été la maîtresse de madame Zénitha.

— J'ai eu Wilhelmina pendant un trimestre dans ma classe. Quelle élève brillante ! Si douée pour les mathématiques qu'elle aurait pu devenir professeur, me confia Karla.

— Pourquoi a-t-elle arrêté l'école, alors ?

Karla attendit que les pas de madame se soient éloignés dans l'escalier pour me répondre.

— Elle était artiste, comme toi. Son père dirigeait le cirque, à l'époque, et ce n'était pas une bonne personne, loin de là. Wilhelmina arrivait souvent à l'école avec des bleus sur les bras et les jambes ; une fois, elle avait même un œil poché.

Je regardai Karla, stupéfaite. Madame Zénitha avait été battue ? Comment était-ce possible ? Pourtant, elle me frappait, pas au point de me provoquer des bleus, certes, mais elle m'avait fouetté plusieurs fois les jambes lors de l'entraînement, et les gifles étaient mon pain quotidien.

— Pourquoi son père lui faisait-il du mal ?

— Va savoir… Il était cruel et exigeait l'impossible de sa fille. Wilhelmina était l'une des meilleures élèves de la classe. Elle en a pleuré quand il l'a obligée à quitter l'école.

Karla secoua la tête :

— Enfin, cette époque est révolue, maintenant, et cet horrible type est mort. Mais son éducation a laissé des traces sur Wilhelmina, je le vois. Elle est dure et aigrie.

J'aimais beaucoup Karla. C'était une petite femme boulotte, aux cheveux gris si fins qu'ils laissaient apparaître son cuir chevelu rosâtre. Les heures passées avec elle, le matin, à la table de la cuisine, étaient très importantes pour moi. Et, comme je l'appréciais, je m'appliquais car je voulais paraître bonne élève. Sa reconnaissance valait tous les bonbons du monde. Ce que je préférais, c'était les exercices d'écriture ; j'obtenais une étoile dorée dans la marge si je ne faisais aucune erreur. Karla conservait ces étoiles dans une petite boîte en velours rangée au fond de sa vieille sacoche en cuir.

Mes journées étaient chargées, et je m'écroulais sur mon lit chaque soir. En dehors des leçons, je m'entraînais ou je m'occupais de Martin. Au bout d'un mois, ses maux de ventre disparurent. C'était un petit garçon adorable et en bonne santé. Fleur feignait l'indifférence, mais je la surpris plusieurs fois en train de le soulever en l'air à bout de bras, puis de le serrer contre sa poitrine.

L'hiver touchait à sa fin, et, comme chaque année à cette époque, Fleur s'épanouissait à mesure que la neige fondait et que les oiseaux se mettaient à gazouiller dans les arbres. Elle parlait de nouveaux costumes et évoqua même l'idée d'une tournée en Europe.

Un soir, madame Zénitha nous expliqua qu'elle avait prévu une réunion de la troupe pour préparer les spectacles à venir. Tous les anciens furent au rendez-vous, excepté Welda, ainsi que deux de nos musiciens qui venaient d'être engagés au palais de la danse à Stockholm. Allan, que j'avais croisé plusieurs fois au cours de l'hiver, était toujours aussi joyeux et musclé.

— Mais qui vois-je là ? N'est-ce pas la plus jolie funambule du monde ? s'exclama-t-il en me prenant dans ses bras.

Il me reposa au sol. Puis arrivèrent Carlos, Mary et Erik. La troupe était au complet, rassemblée autour de la table de cuisine. Mais Welda me manquait.

Mary semblait avoir lu dans mes pensées :

— Vous avez le bonjour de Welda, elle m'a écrit une lettre. Malheureusement, son grand-père est mort, il était très âgé. Welda va bien. Elle s'est mariée à un pêcheur norvégien, l'homme à qui elle écrivait souvent. Ils habitent dans un petit village près de Bergen.

J'étais au courant de cela, car Welda m'avait envoyé plusieurs lettres où elle racontait que l'état de son grand-père ne faisait qu'empirer. J'avais aussi deviné qu'elle était sous le charme d'un homme prénommé Olaf. C'était un ami d'enfance de son père, mais, à la différence de ce dernier, il ne l'avait jamais abandonnée. Welda m'avait écrit que leur amour était né au fil de leur correspondance, elle était alors au cirque, avec nous, tandis que lui était resté en Norvège. Je trouvais cela bizarre. Était-ce possible de tomber amoureux en s'écrivant des lettres ?

Je tournai la tête vers le mur, comme si je me fichais des nouvelles de Welda, mais, en même temps, mon cœur me faisait mal. Mary m'attira vers elle pour me faire un câlin :

– Welda te salue tout particulièrement, elle a joint à sa lettre de jolies images pour toi.

Elle me tendit la feuille de papier, dans laquelle étaient glissées des images d'anges aux ailes duveteuses. De meilleure humeur, je les rangeai délicatement dans ma boîte à poupées en papier. Je posai le coffret sur mes genoux, de peur de perdre mes trésors, et continuai à balancer les jambes sous la table.

Madame Zénitha était guillerette. Elle portait du rose aux joues et servait de la liqueur de prune à tout le monde : j'eus même droit à un petit verre, que je lampai doucement. L'alcool me réchauffa et m'excita un peu. Je trouvais que tous les projets évoqués étaient passionnants.

Nous allions partir en tournée au Danemark et en Allemagne, car madame connaissait l'intérêt pour le cirque dans ces pays.

– Le cirque est le divertissement populaire à la mode, déclara-t-elle.

Elle adressa un clin d'œil à Allan, qui, troublé, détourna les yeux et se mit à tambouriner des doigts sur la table. La directrice décida d'engager une assistante ainsi que deux nouveaux musiciens avant de commencer la tournée. Eskil lança un regard anxieux à Fleur, qui lui renvoya une grimace.

Allan se proposa de trouver les musiciens, talentueux mais pas trop car ils seraient chers, comme le recommanda madame. Elle chargea Fleur de recruter une assistante compétente.

— Je suis certaine que tu sauras nous présenter la personne idéale, lui dit-elle avec un regard acéré à l'attention d'Eskil.

Ce dernier rougit et baissa les yeux.

— Et le petit Martin, que va-t-il faire ? m'interposai-je.

La liqueur me rendait volubile, ce qui amusa l'assistance.

— Eh bien, il sera la mascotte de notre cirque jusqu'à ce qu'il sache marcher, puis il deviendra dresseur de chevaux, je présume, répondit Allan.

Tous se mirent à rire, et bientôt la cuisine s'emplit de bonne humeur. J'y participai vivement, jusqu'à ce que des pleurs parvinssent de la chambre d'Eskil et Fleur.

— Va le chercher ! m'ordonna madame.

Je me levai en hâte pour aller consoler Martin qui, les yeux encore lourds de sommeil, clignait des paupières du fond de son panier.

Notre nouvelle assistante arriva un jeudi, alors que nous étions en train de charger les roulottes. Je me souviens de l'avoir dévisagée pendant plusieurs minutes avant de prononcer le moindre mot, tant son apparence me surprenait.

Généralement, on choisissait des assistantes minces et gracieuses, faciles à porter et capables de monter sur les chevaux sans leur faire de mal. Mais Lisbeth, la nouvelle recrue, était tout sauf mince.

Ses cheveux bruns étaient crantés et elle portait une robe de style charleston, que madame Zénitha aurait très bien pu enfiler, à en juger par la taille. Si Fleur ne m'avait pas dit qu'elle avait quatorze ans, j'aurais cru qu'elle en avait le double. Toutefois, j'allais découvrir une personne gentille et attentionnée ; Lisbeth allait devenir ma nouvelle âme sœur au cirque.

Tous semblaient enchantés du choix de la nouvelle assistante, surtout Fleur, qui nous la présenta avec grand enthousiasme. Seul Eskil paraissait moins satisfait.

29

Dalbo, le 19 mai 1922

Ma chère Ellen,

Mes lettres sont de plus en plus espacées, j'espère que cela ne t'attriste pas. Tu m'as peut-être tout simplement oubliée? Mais je suis fière et entêtée comme une vieille jument, et je continuerai à t'écrire même si tu ne me réponds pas.

J'ai une heureuse nouvelle à t'annoncer : ta petite sœur est née, une merveilleuse petite fille que nous avons baptisée Hilda. Elle est née le 11 mars, elle est âgée d'un peu plus de deux mois maintenant. Elle te ressemble beaucoup avec ses yeux bleus et ses cheveux blonds, mais elle est plus potelée que toi au même âge. Elle change si vite, j'ai l'impression qu'elle grandit de plusieurs centimètres chaque jour! La petite Hilda apporte une grande joie ici à la ferme.

Ses grands-parents ne se lassent pas de l'admirer, c'est leur premier petit-enfant.

Mon quotidien à la ferme est un peu perturbé en ce moment, j'ai presque oublié ce qu'était la vie avec un nouveau-né. Hilda se réveille souvent affamée à l'heure de la traite des vaches, mais notre entourage est indulgent et me laisse passer du temps avec le bébé. Cela fait une semaine que je ne me suis pas occupée du bétail, mais je ne m'en soucie pas, même si j'aimerais être plus utile.

Ta tante et tes oncles pensent fort à toi aussi. Dans une de ses dernières lettres, Helge m'a demandé de tes nouvelles. Je lui ai répondu que, malheureusement, je n'en avais aucune. Je garde espoir, cependant, ma chère petite fille, que nous aurons bientôt l'occasion de nous revoir.

Je t'aime,
Ta maman.

30

Nous partîmes en tournée dans le nord de la Suède. Nous voyagions sur les routes en une longue caravane, et la rumeur de notre passage se répandait bien avant notre arrivée dans les lieux où nous devions nous produire.

Depuis environ un an, c'était Lisbeth et moi qui vendions le programme ainsi que des friandises au public avant le début du spectacle. Il fallait se dépêcher, car, notre tâche terminée, il restait à peine quelques minutes pour nous changer.

Lisbeth préparait désormais son propre numéro. Elle était très habile avec les animaux ; elle avait entraîné un chiot à sauter sur le dos d'un des chevaux d'Eskil puis à le chevaucher. Lisbeth avait acheté ce chiot avec son argent de poche, et l'avait appelé Lady.

Quant à moi, je réduisais les exercices de contorsionniste et me spécialisais comme funambule. Cette activité était plus amusante et moins douloureuse pour le corps que les numéros de souplesse. J'avais un nouveau costume : un haut pailleté en soie blanche assorti d'un tutu blanc, que madame m'avait fait coudre durant l'été.

Ma silhouette s'était enfin étoffée. Mes formes s'étaient développées et j'avais « un peu plus que la peau sur les os », comme le remarquait souvent madame en me pinçant la cuisse. Mais ce nouveau corps n'entrait plus dans les costumes qu'elle m'avait fait tailler l'été précédent, et qu'elle avait espéré me voir porter au moins deux ans. Elle en avait fait toute une affaire, et répétait sans cesse que mes nouveaux habits avaient considérablement amputé le budget du cirque.

Au cours de mon nouveau numéro, je marchais en équilibre sur une corde, puis je m'arrêtais au milieu pour effectuer quelques sauts. J'exécutais ensuite une petite danse faussement improvisée, mais maintes fois répétée. Je terminais par un grand écart sur la corde ; c'était généralement à ce moment que le public se levait pour m'ovationner.

Parfois, je rêvais que ma maman venait assister à une représentation. Enchantée par mon talent, elle finissait par pleurer, regrettant de m'avoir vendue. Mon estomac se nouait à chaque fois que je pensais à cela, et c'était comme toucher un aphte du bout de la langue : ça faisait mal, mais je ne pouvais pas m'en empêcher.

Pour me consoler, je serrais Martin fort dans mes bras. J'aimais beaucoup cet enfant. Avec ses cheveux blonds bouclés et son doux visage, on aurait dit un ange. Il était très choyé au cirque ; nous étions nombreux à nous occuper de lui.

Seule madame Zénitha semblait indifférente à son charme. Pourtant, je la surpris un jour en train de prélever en douce quelques bonbons dans la boîte à friandises pour les lui donner.

Derrière la beauté angélique de Martin se dissimulait un caractère moins innocent : il était capable des plus incroyables espiègleries, ce qui, associé à son tempérament casse-cou, n'était pas de tout repos pour l'entourage. À deux reprises Eskil dut le descendre d'un mât du chapiteau qu'il tentait d'escalader. Il se balançait sur les trapèzes, grimpait sur les chevaux lorsqu'ils étaient attachés ; pour résumer, il faisait tout ce que nous lui interdisions de faire.

Le métier de saltimbanque était prisé par les amoureux de l'aventure, bien qu'il fût assez mal payé. De temps à autre, des artistes ou des jeunes gens pleins d'espoir se présentaient chez nous. On les dirigeait vers madame Zénitha, qui n'avait aucune pitié. Elle les renvoyait sur-le-champ d'un « non » ferme suivi d'un « merci » un peu plus clément. Il était très rare qu'un artiste ait le temps de présenter son numéro avant que madame ne le congédie.

Signor Rosatti fut une magnifique exception. Son apparition fut éblouissante. Avec le recul, il est certain que cette entrée pour le moins originale avait été orchestrée avec précision.

C'était un soir d'été. Nous nous étions rassemblés au clair de lune autour des barils où le feu crépitait et réchauffait nos corps épuisés. Allan avait invité un vieil ami boucher, qui, pour le remercier, avait apporté un carton rempli de saucisses qui étaient en train de griller sur le feu. Les effluves appétissants se répandaient dans le camp et réveillèrent Martin, que Fleur avait couché une heure auparavant. Il arriva à pas de loup, en pyjama, ses boucles blondes ébouriffées.

— J'ai faim ! dit-il.

Au même instant, il mit les mains devant sa bouche et écarquilla les yeux. Je suivis son regard et aperçus une haute silhouette évoluer derrière les roulottes. J'attrapai la main de Lisbeth assise à côté de moi et la serrai si fort qu'elle poussa un gémissement. La silhouette était à présent plus visible : on distinguait une énorme tête et une cape flottant au vent.

— Au secours ! Un loup-garou, s'écria Lisbeth en laissant tomber sa saucisse dans l'herbe.

— Ne sois pas ridic…, commença madame Zénitha avant d'apercevoir à son tour l'étrange forme.

Tous les regards étaient fixés sur l'ombre qui semblait danser entre les barils. Allan, qui ne se laissait pas facilement effrayer et qui ne croyait ni aux fantômes ni aux loups-garous, se leva. Il avait à peine fait deux pas qu'un léger sifflement mélodieux se fit entendre, ainsi que des pas légers sur l'herbe.

Un homme très grand apparut alors entre les roulottes. Il portait une longue cape et un chapeau haut de forme noirs. Nous retînmes notre souffle, moins en raison de son apparence que de sa façon de se mouvoir; on avait l'impression qu'il glissait sur la pelouse. Il s'avança, nous balaya de son regard puis fixa madame Zénitha. À la lueur des flammes, ses traits marqués et ses yeux noirs semblaient avoir été dessinés. Lorsque sa bouche s'étira en un large sourire, dévoilant une dentition blanche comme la craie, je crus un instant voir un loup.

Il s'agenouilla devant madame, dégagea sa cape d'un geste souple, se pencha, et effleura des lèvres sa main tendue. Puis il fit apparaître une rose blanche de dessous sa cape et la lui présenta.

— *Ciao, bella*, dit-il.

Madame rougit.

— Je m'appelle Signor Rosatti, je suis illusionniste. Je cherche un cirque pour présenter mes tours de magie, mais pendant un mois seulement. Après cela, je retourne en Amérique, où je suis engagé dans un cabaret à Chicago.

Il prononça ces derniers mots dans un souffle. Je n'étais pas la seule à être envoûtée par la lenteur de son élocution et par son accentuation particulière. Même madame semblait ravie.

— Euh, oui, oui, peut-être, mais nous voudrions voir votre numéro, pour commencer, réussit-elle à bredouiller, en frottant la zone où Signor Rosatti avait posé ses lèvres.

— *Un momento !*

Il recula de quelques pas et émit un sifflement bref. Une femme vêtue de blanc fit alors son entrée, ses longs cheveux blonds retenus bas sur la nuque par une fleur. Elle avança vers Signor Rosatti en se déhanchant. Le contraste était saisissant lorsqu'on les voyait côte à côte : la jolie femme était deux fois plus petite que son partenaire, et elle était aussi lumineuse que lui était obscur.

— Voici mon assistante, Florentina ! annonça solennellement Signor Rosatti en présentant la jeune femme de la main.

Elle lui fit un grand sourire et on pouvait lire dans son regard à la fois l'amour et l'admiration.

— Puis-je les emprunter ? demanda le magicien en indiquant deux chaises en bois installées près du baril.

Nous hochâmes la tête et Eskil les lui apporta. Florentina se défit de ses chaussures avec agilité et s'allongea sur les chaises, que Signor Rosatti avait espacées d'un bon mètre.

— Je vais faire entrer Florentina en lévitation, déclara-t-il en ôtant sa cape, dont il couvrit le corps de son assistante.

On imaginait l'ambiance qu'il devait créer d'ordinaire, avec de la musique et un décor peint, mais, ce soir-là, le crépitement et la lumière du feu constituaient l'ambiance idéale. Nous étions silencieux, impatients d'assister à ce nouveau numéro, bien différent des tours de magie habituels à base de jeux de cartes et de colombes.

Signor Rosatti envoya un baiser de la main à Florentina, puis, avec la grâce d'une danseuse étoile, il se mit à faire tournoyer ses mains vers le ciel en prononçant une formule magique. Pendant quelques minutes, Florentina ne bougea pas, puis, peu après que Signor Rosatti eut fini ses incantations, elle s'éleva au-dessus des chaises.

Je ne rêvais pas : centimètre par centimètre, son corps, raide comme une poutre métallique, montait librement. Lorsqu'il fut à un mètre au-dessus des chaises, Signor Rosatti les retira, et Florentina se retrouva en lévitation. La cape noire la recouvrait, mais ses orteils et sa tête dépassaient de chaque côté. Un « oh » unanime résonna entre les barils.

Au bout de quelques minutes, Signor Rosatti se plaça sous elle, puis tendit les bras en criant quelque chose dans une langue étrangère. Florentina remua la tête comme si elle se réveillait d'un sommeil profond. Elle regarda autour d'elle et son corps tressaillit, ce qui lui fit perdre l'équilibre. Elle tomba aussitôt dans les bras du magicien. Elle rit et l'embrassa sur la joue, puis elle sauta au sol avec légèreté et fit une révérence, sous un tonnerre d'applaudissements. Mais d'un geste, Signor Rosatti fit cesser l'ovation.

— À présent, Florentina va disparaître devant vos yeux, annonça-t-il.

Florentina se recroquevilla sur l'herbe humide. Signor Rosatti déploya la cape sur sa tête de façon à cacher entièrement son assistante. Bien que son corps fût pelotonné en boule, on en distinguait les contours sous le velours noir. Signor Rosatti souleva la cape pour nous montrer que Florentina était bel et bien dessous. Celle-ci nous fit un signe de la main, puis l'étoffe retomba sur sa tête.

L'illusionniste se mit alors à réciter ses incantations. D'abord murmure, sa voix s'amplifia pour lancer un cri profond, tandis qu'il bougeait les mains en cercles au-dessus de la cape. Sous l'effet de la scène et du jeu d'ombre et de lumière, je me sentis comme hypnotisée. Immobile, je regardais Signor Rosatti saisir la cape tout en débitant ses paroles mystérieuses.

Il secoua l'étoffe en mouvements amples, puis il la lâcha. Elle retomba lentement et vint s'échouer sur l'herbe, complètement aplatie. Lorsque je compris qu'aucun être humain ne pouvait se cacher sous un morceau de tissu aussi bien étalé, les bras m'en tombèrent. Sous nos yeux ébahis, Signor Rosatti souleva la cape pour nous montrer ce que nous savions tous déjà. Florentina avait disparu !

31

C'était le tour de magie le plus sensationnel que j'eusse jamais vu. Pour la première fois, j'avais été totalement subjuguée par un numéro. Pourtant, je sais que l'art de l'illusionniste consiste à tromper habilement son public.

— Tu vois les choses comme je veux que tu les voies, résuma plus tard Signor Rosatti pour décrire la magie de ses manipulations.

Il avait choisi l'occasion parfaite pour nous enchanter. Madame Zénitha, qui d'ordinaire était très avare en compliments, applaudissait si fort que sa poitrine tressautait. Puis nous entendîmes une voix au loin : c'était Florentina qui traversait le pré pour nous rejoindre. Nous ne comprîmes jamais comment elle avait pu s'échapper de sa place initiale, sous notre regard attentif, pour se retrouver derrière nous. Signor Rosatti, qui ne dévoila pas le secret de ce tour, nous avait bien dupés. Madame les engagea pour un mois, et fut particulièrement généreuse en matière de cachet, ce qui confirma qu'elle avait été aussi captivée que nous.

C'est ainsi que, pendant quelques semaines, notre cirque présenta un numéro de classe mondiale. La rumeur se propagea, et, très vite, nos ventes de billets furent multipliées par deux.

Signor Rosatti – Giuseppe de son prénom – soignait son image de personnage mystérieux et, par conséquent, se livrait peu. Florentina, sa partenaire – qui, nous l'apprîmes plus tard, était aussi sa femme –, était d'une nature opposée. Elle était très loquace, du moins en ce qui la concernait. Mais, lorsqu'il s'agissait de son mari adoré, elle était moins bavarde.

– Je suis tombée amoureuse de Giuseppe lors de notre première rencontre, et depuis je n'ai jamais cessé de l'aimer, me raconta-t-elle un matin, devant la roulotte que je partageais avec Lisbeth et Lady, son petit chien.

Elle revenait de sa toilette et m'avait vue ouvrir la porte pour faire sortir le chiot. Je lui avais lancé un « Salut ! » qu'elle avait interprété comme une invitation à s'asseoir sur les marches de notre roulotte. Je sortis donc en chemise de nuit et pris place quelques marches plus haut qu'elle. Dans la clarté de l'aube, son visage, qui n'était pas maquillé, semblait très jeune. Je remarquai ses longs sourcils blonds, ainsi qu'une ligne de taches de rousseur sur le nez.

— C'est joli ici, dit-elle en regardant le pré qui s'étalait autour du camp comme une mer de fleurs sauvages.

J'acquiesçai, et lui demandai d'où elle venait. Comment une fille aussi simple avait-elle rencontré un artiste de cirque aussi talentueux que Giuseppe Rosatti ? Elle sourit en me dévisageant de ses grands yeux bleus :

— Je suis fille de pasteur. Je viens de Kil, dans la région du Värmland. Comme cadeau pour mes dix-huit ans, j'ai demandé à aller au cirque. Je savais qu'une troupe devait s'installer à Karlstad. Mais père a refusé. Il pensait — et pense toujours — que les artistes de cirque ne sont pas dignes de Dieu.

Elle fronça les sourcils, et ses taches de rousseur se regroupèrent. Les paroles de son père m'attristèrent, mais je me repris en voyant Florentina me sourire, comme pour s'excuser.

— C'est parce qu'il manque d'ouverture d'esprit. Sa connaissance du monde se limite à l'Église, m'expliqua-t-elle.

Elle s'inclina pour caresser Lady, qui voulait déjà rentrer pour se rendormir au pied du lit de Lisbeth.

— Mais mère l'a convaincu, et j'ai eu la permission d'aller au cirque, à condition que ma sœur aînée, qui est mariée et vit à Karlstad, m'accompagne. Ça les rassurait que je puisse être surveillée. Mais ma décision était déjà prise.

— Quelle décision ?

— Celle de suivre un cirque. Je dépérissais au presbytère. Il ne se passait jamais rien. On n'entendait que le tic-tac des pendules.

Elle mima le mouvement des pendules avec ses index.

— Et j'ai vu Giuseppe. Son numéro était fantastique ! Il avait coupé son assistante en deux, et j'ai tout de suite su que j'avais rencontré mon destin.

— Tu t'es enfuie avec le cirque, alors ?

Florentina hocha vivement la tête :

— Oui, j'ai suivi la troupe, et Giuseppe et moi nous sommes mariés à Copenhague un mois plus tard. Mes parents étaient furieux. La colère de père a été telle qu'il a dû rester alité pendant plusieurs semaines.

Florentina haussa les épaules en dessinant un cœur dans la poussière sur la marche.

— Et l'ancienne assistante, qu'est-elle devenue ?

Je savais que, dans le monde du cirque, une assistante en remplace vite une autre.

— Elle a été engagée dans un autre cirque. Mais j'ai dû prendre son nom, parce que les affiches étaient déjà imprimées.

— Tu ne t'appelles pas Florentina ?

Elle sourit.

– Non, mon vrai nom est Augusta Persson, mais je m'appelle Augusta Rosatti maintenant, dit-elle en prononçant ce nom lentement, d'un air rêveur.

Elle me montra l'alliance en or qu'elle portait à l'annulaire gauche.

– Ça fait un an, deux mois et dix jours que nous sommes mariés.

– D'où vient Giuseppe ? Et comment a-t-il appris ses tours de magie ?

Florentina ne répondit pas. Elle se leva promptement, frotta sa jupe et descendit les marches :

– Il faut que j'y aille. Giuseppe va s'inquiéter si je ne suis pas là à son réveil.

Et elle partit en sautillant rejoindre leur roulotte.

Je n'appris jamais rien sur son mari, malgré mes tentatives répétées. Tout ce que je sus, c'est qu'il était italien et qu'il avait appris l'illusionnisme dès sa plus tendre enfance.

Le numéro de Signor Rosatti était programmé en dernier, afin de « garder le meilleur pour la fin », selon l'expression de madame Zénitha. Eskil le présentait au public comme un magicien mondialement célèbre, et nous nous glissions souvent dans les coulisses pour suivre sa performance. Il introduisait toujours sa prestation par un court discours sur la limite subtile entre réalité et illusion.

— Tous les gens ont un sixième sens, mais tous ne savent pas l'utiliser. Oubliez la réalité pendant un instant et laissez-vous transporter vers le royaume du mystère, disait-il en prenant cette voix ténébreuse qu'il avait le soir de notre rencontre.

Puis il commençait par quelques tours simples, pour lesquels il appelait un homme et une femme du public. Bien entendu, il les avait repérés avant le début du spectacle, car la femme choisie portait toujours un collier et l'homme avait une montre à gousset en or dans la poche de sa veste.

Il faisait remarquer aux spectateurs la beauté du collier et priait l'homme de sortir sa montre. Puis il plaçait ses victimes dos à dos et prononçait ses formules magiques à voix haute tout en tournant autour d'eux.

Le silence régnait dans le public tandis que Signor Rosatti élevait progressivement la voix. Soudain, il claquait des doigts et positionnait l'homme et la femme épaule contre épaule.

Au départ, rien ne semblait avoir changé. Puis, en regardant attentivement, tout le monde éclatait de rire. L'homme portait le collier de la femme autour du cou, tandis qu'elle arborait la montre en or, fixée à une boutonnière de son corsage.

J'assistai plusieurs fois à ce numéro, mais je ne compris jamais comment Signor Rosatti faisait pour déplacer ainsi les objets. Il terminait toujours en offrant à la dame une rose blanche qu'il sortait de sa cape.

Ensuite, il appelait Florentina et ensemble ils présentaient le numéro de lévitation et de prestidigitation.

Si l'arrivée de Signor Rosatti dans notre cirque avait été théâtrale, sa disparition allait provoquer une émotion encore plus vive.

32

Dalbo, le 21 juin 1923

Chère, chère Ellen,

J'ai cherché à avoir de tes nouvelles, mais en vain. J'espère que tu vas bien.

Je t'écris pour t'annoncer que tu as désormais un petit frère, Karl-Olof. Il est né le 24 avril et, comme Hilda, c'est un enfant adorable. Hilda est jalouse, bien sûr, mais, même si elle est parfois mauvaise avec lui, je sais qu'au fond elle l'aime tout autant que nous.

Ce dernier accouchement a été très difficile, l'hémorragie a été telle que j'ai dû rester à l'hôpital pendant deux semaines. Le médecin m'a prévenue que je ne pourrai probablement plus avoir d'enfants, mais cela ne m'attriste pas. Per est inquiet pour moi, il craint que je ne déprime à *nouveau, comme à la mort d'August. Cela n'arrivera pas ; j'ai trois merveilleux enfants à présent.*

Je veux que tu saches que tu as une famille, même si ni Per ni tes frère et sœur ne te connaissent. Depuis la naissance de Karl-Olof, j'ai le sentiment que les choses se mettent enfin en place. Je n'ai plus d'excuses désormais ; si je veux te revoir, il faudra que je provoque la rencontre.

J'ai prévenu Per que, dès que j'aurai cessé d'allaiter ton petit frère, je lui confierai les enfants et partirai à ta recherche. Je veux que tu saches qu'un foyer t'attend ici, et, si tu veux me suivre, tu y seras la bienvenue.

Je t'embrasse très fort,
Ta maman.

33

Depuis que le couple Rosatti travaillait chez nous, nous faisions salle comble presque chaque soir. De plus grandes quantités de friandises étaient donc consommées, et je reçus la mission d'aller nous réapprovisionner chez un confiseur installé en ville. Malgré la pluie et les deux kilomètres à parcourir jusqu'à la boutique, je me réjouissais. J'avais un faible pour les sucreries, et la seule idée d'entrer dans une fabrique de bonbons me rendait de bonne humeur. Je déambulai en ville en sifflotant.

Avant même d'apercevoir la confiserie, je sentis le parfum du caramel chaud, qui me guida jusqu'à un bâtiment en briques. Je tirais une petite charrette dans laquelle j'étais censée charger les cartons de friandises. J'ignore si c'est le grincement des roues ou si on m'avait aperçue de la fenêtre, mais je fus accueillie devant la porte du magasin. Une petite femme nerveuse aux cheveux bruns en bataille, vêtue d'un tablier si grand qu'elle semblait s'y noyer, vint à ma rencontre. En m'approchant d'elle, je remarquai qu'elle était beaucoup plus âgée que ce que j'avais cru en la voyant de loin.

— J'avais hâte de vous voir arriver ! commença-t-elle en frottant ses mains teintées de rouge sur son tablier. En fait, j'ai une sœur qui est artiste de cirque. Elle est bien plus jeune que moi, elle travaille au Danemark. Elle m'écrit chaque semaine. Je suis sortie parce qu'il fallait que je vous rencontre pour vous parler d'une de ses lettres.

Elle fit une courte pause pour reprendre son souffle. Je la regardai, stupéfaite, je n'avais jamais rencontré quelqu'un qui disait autant de choses aussi vite.

— Vous comprenez, elle a entendu parler de votre cirque et de ce satané voleur. Elle était si bouleversée... Quand j'ai su que vous viendriez acheter des confiseries, je me suis dit qu'il fallait absolument que je vous raconte ça.

Elle secoua la tête nerveusement. Je ne comprenais rien à cette histoire.

— Je ne sais vraiment pas de quoi vous parlez, dis-je en reposant le bras de la charrette au sol.

Elle rougit et cligna des yeux :

— Pardonnez-moi, je n'ai pas été claire. Je vais reprendre depuis le début : ma sœur, qui est artiste de cirque à Copenhague, a appris que vous aviez engagé un magicien du nom de Rosatti. Ça l'a frappée, parce qu'elle connaît ce Signor Rosatti, ou plutôt elle le connaissait. C'est un voleur, il a escroqué le directeur du cirque et dérobé tout l'argent de la caisse. Elle contenait les recettes de plusieurs représentations, ainsi que le salaire des artistes, reprit-elle, soulagée d'avoir réussi à tout raconter.

Je me sentais étourdie : impossible, il ne pouvait pas s'agir de notre Signor Rosatti.

— Mais elle s'est peut-être trompée ? demandai-je.

Je savais pertinemment que ma question était idiote ; combien d'illusionnistes pouvaient porter ce nom ?

La commerçante secoua la tête et affirma :

— C'est bien lui, elle a des amis qui ont assisté à votre spectacle et qui l'ont reconnu !

Je rentrai si vite au camp que j'en attrapai un point de côté. Les cartons de friandises tressautaient dans la charrette. Mon excursion à la confiserie n'avait pas été aussi amusante que je l'avais espéré. Je n'avais même pas goûté aux bonbons, pourtant si alléchants, tant j'étais concentrée sur ce que cette dame m'avait raconté à propos du magicien. Le mot « voleur » résonnait dans mes oreilles.

La pluie avait cessé, les trottoirs étaient parsemés de flaques d'eau et de vers de terre bien gras.

L'activité battait son plein sur le campement. Il fallait que je trouve madame Zénitha au plus vite pour l'avertir des intentions de Signor Rosatti. La plupart des hommes étaient occupés à disposer des planches sur le sol devant le chapiteau afin que les spectateurs évitent la boue qui s'était formée devant l'entrée.

— Où est madame ? demandai-je, haletante.

Allan haussa les épaules :

— Aucune idée, elle a dû partir en ville.

J'amenai la charrette à l'intérieur du chapiteau et la plaçai sous un banc pour dissimuler les cartons appétissants. Puis je me mis à courir jusqu'à la roulotte de madame Zénitha, la boue éclaboussant l'ourlet de ma jupe. Je frappai fort à la porte. J'attendis quelques secondes, puis frappai à nouveau, mais la roulotte semblait vide.

— Madame est allée faire une course, m'annonça le palefrenier avec un sourire désolé.

Le trajet jusqu'au bourg était long, et je manquais déjà de temps. Je ne m'étais ni échauffée ni changée, et je n'avais pas préparé les friandises. La représentation allait commencer dans moins de trois heures, et la billetterie allait ouvrir dans une heure. D'ici là, il fallait que je m'habille et que je remplisse au moins une trentaine de cornets de bonbons. « Je n'aurai jamais le temps d'aller chercher madame, pensai-je. Je lui parlerai à son retour. »

Puis j'eus une idée. Je pouvais vérifier si Giuseppe et Florentina étaient présents. Je me précipitai vers leur roulotte. Je ne savais pas vraiment si j'allais oser accuser Giuseppe, mais quelque chose me disait que je devais le faire. Personne n'ouvrit. Je toquai plusieurs fois, je grimpai même sur le marchepied à l'arrière pour regarder à travers la fenêtre. La roulotte était vide.

Il ne me restait rien d'autre à faire que regagner le chapiteau et commencer à préparer les cornets de bonbons tout en guettant l'arrivée de Signor Rosatti et de madame Zénitha. Celle-ci apparut au bout d'une heure. Je lâchai aussitôt le cornet que j'avais dans les mains et sortis pour la suivre, mais au même moment une bande d'étudiants entra dans le campement. Ils demandèrent un prix de groupe pour fêter la fin de l'année scolaire, si bien que madame leva la main vers moi avant même que j'aie commencé à parler et se tourna vers les jeunes gens en déployant son plus beau sourire marchand.

Tandis que j'attendais qu'elle se libère, une petite file se forma derrière les étudiants, et je compris qu'il était inutile de rester là.

Je ne pouvais pas déclarer à voix haute qu'un voleur s'était introduit dans notre troupe, sous peine de faire fuir les spectateurs. Je me résignai donc à terminer les cornets, avec le désagréable sentiment que je ne me retrouverais pas un instant seule à seule avec la directrice du cirque avant le début du spectacle. La file d'attente serpenta durant tout le reste de l'après-midi devant la caisse. Il fut enfin l'heure pour moi d'enfiler mon costume. D'habitude, Florentina se changeait avec nous dans le vestiaire pour dames, mais ce soir-là elle était absente. Je commençai à penser qu'elle et Giuseppe avaient pris la fuite.

— As-tu vu Florentina ? demandai-je à Mary, qui attachait ses bas résille à son corset en soie noire, des épingles à cheveux pincées entre ses lèvres.

Elle se contenta de secouer la tête. Fleur frictionnait de talc la pointe de ses chaussons. Elle balança ses longs cheveux par-dessus son épaule, si bien que je dus baisser la tête pour les éviter.

— Il l'a peut-être fait disparaître, comme par magie ! dit-elle en riant aux éclats.

Ce n'est que lorsque Lisbeth entra dans le vestiaire, les joues écarlates et le souffle court, que j'appris que le duo ne s'était pas volatilisé, mais qu'il avait répété son numéro.

— Signor Rosatti m'a demandé de l'aider, expliqua Lisbeth, un peu gênée.

— L'aider ? À quoi ? demandai-je, suspicieuse.

Elle passa son pouce et son index sur ses lèvres comme si elle tirait une fermeture à glissière. J'avais hâte de voir si le magicien et son assistante allaient vraiment se produire.

Lorsque le moment fut venu, je me faufilai dans les coulisses. Eskil annonça le numéro de l'illusionniste, et le public se tut. Pendant d'interminables secondes, j'eus un mauvais pressentiment. Finalement, Signor Rosatti fit son entrée, vêtu de sa cape et de son chapeau haut de forme.

Il effectua ses tours habituels avec son aisance coutumière. Mais le comportement de Florentina était suspect ; elle était très nerveuse, elle fit même tomber le chapeau de son mari et sa baguette magique sur la piste. Au moment où Signor Rosatti allait faire disparaître son assistante, je sentis une main se poser sur mon épaule. C'était Mary, affolée :

— Devine quoi ! Quelqu'un s'est introduit dans la roulotte de madame et lui a volé tous ses bijoux !

Ma poitrine se serra. J'allais justement me tourner pour confier à Mary ce que j'avais appris de l'employée de la confiserie, lorsque Lisbeth entra sur la piste en trottinant. Elle portait son plus beau costume, celui en soie pailletée.

— Et maintenant, mesdames et messieurs, je vais disparaître moi-même, avec l'aide de cette jeune fille, déclara Signor Rosatti.

D'un geste souple de la main, il présenta Lisbeth, qui fit une révérence. Allan apporta un grand sac en tissu noir, qu'il remit à Lisbeth. Elle le tint ouvert de sorte que le magicien put y entrer entièrement, puis elle ferma l'ouverture par plusieurs tours de corde et fit un double nœud bien serré. De l'intérieur du sac, on entendit Signor Rosatti prononcer ses formules magiques. Lisbeth tourna autour de lui en répétant ses paroles, et elle tira plusieurs fois sur le sac pour prouver qu'il était correctement fermé.

— Signor Rosatti a disparu ! Il s'est volatilisé ! cria-t-elle enfin d'un ton théâtral.

Elle saisit un long couteau sur la table du magicien et coupa la corde ; il fallut presque une minute avant qu'elle ne cède. Lisbeth tenait les deux morceaux de corde dans les mains, et le sac s'était ratatiné au sol. Elle agita le tissu noir pour prouver qu'il était vide.

Soudain, je m'aperçus que Florentina n'était pas réapparue sur scène comme elle le faisait d'habitude à la fin du numéro. Je regardai autour de moi : elle et son partenaire avaient disparu sans laisser de traces.

Ce fut le dernier soir que nous vîmes le couple Rosatti, mais il continua à faire parler de lui.

34

Le vol des bijoux de madame Zénitha fut passé sous silence. Elle prétendit qu'ils n'étaient pas de grande valeur, mais, d'après Fleur, la boîte contenait entre autres une bague en diamants et une chaîne en or. Madame craignait probablement que ce délit ne nuise à la notoriété du cirque. Elle devait s'en vouloir aussi ; c'était elle qui avait engagé, et sans hésitation, le couple Rosatti.

Nous savions tous qui était le coupable, car il avait laissé sa signature : à l'endroit où se trouvait habituellement la boîte à bijoux, il avait déposé une rose blanche.

La suite de l'été se déroula plutôt bien pour nous tous. Nous jouions à guichets fermés presque tous les soirs. L'harmonie régnait au sein de notre « famille du cirque », comme l'appelait madame. Nous étions néanmoins superstitieux. Lorsque Carlos renversa un des deux grands miroirs du vestiaire, le brisant en mille morceaux, Fleur fit le signe de croix et Lisbeth jeta du sel par-dessus son épaule.

Un malheur arriva dès le lendemain. Mary et Erik se disputèrent violemment et firent voler en éclats la vaisselle de leur roulotte. Quelques heures plus tard, Mary se tenait devant la porte de madame, vêtue de son élégante veste en popeline verte, avec une valise dans chaque main.

— Je démissionne. Je ne peux plus travailler avec ce sale type ! annonça-t-elle en désignant Erik du menton.

Madame Zénitha, Eskil et Fleur tentèrent de la convaincre de rester. Madame la menaça même de la poursuivre en justice pour rupture de contrat, ce à quoi Mary répliqua qu'il se terminait quatre jours plus tard :

— Si vous voulez me poursuivre pour ces quatre derniers jours, ça m'est égal. Vous n'avez qu'à les déduire de mon salaire. Pour ce que je gagne, de toute façon…

— Mary, s'il te plaît, reste ! la suppliai-je, les larmes aux yeux.

Elle s'approcha de moi et me prit par le menton comme si j'étais une petite fille :

— Ma petite Ellen, ça fait longtemps que j'ai décidé d'arrêter le cirque. J'aimerais mener une vie plus tranquille, tu comprends. Je pense chercher une place dans un spectacle de variétés. Au moins, les loges sont chauffées, et on n'a pas besoin de participer à l'installation de l'équipement ou à la vente des bonbons. On est traité comme un artiste à part entière.

Il était vain de tenter de la persuader du contraire. Elle resta inflexible, même si ça devait lui faire de la peine de quitter certains d'entre nous. Avant de partir, elle me tendit un paquet plat et léger :

— Elle est très élégante, et j'ai toujours pensé qu'elle t'irait mieux qu'à moi.

Je défis l'emballage et découvris une magnifique robe en soie violette, de style charleston. Ce fut mon premier vêtement à la mode.

— Roux et violet, ça ne va pas vraiment ensemble, expliqua-t-elle en tirant sur une mèche de ses boucles flamboyantes.

Elle laissa un grand vide dans notre cirque, tant dans le spectacle qu'au quotidien. Quelques jours plus tard, Erik démissionna également. Il ne nous dit rien de sa destination, mais Lisbeth était certaine qu'il avait l'intention de suivre Mary.

— Il l'adore, ça ne fait aucun doute. Il ne la laissera jamais voyager seule ! affirma-t-elle dans un profond soupir.

Madame ne manifesta aucun signe d'amertume. Elle s'occupa plutôt d'engager un nouveau couple d'acrobates, Yelena et Leopold, originaire de Russie, ainsi qu'un nouveau musicien.

L'arrivée des deux artistes russes fit renaître la joie de madame Zénitha, qui, ces derniers temps, s'était montrée taciturne, et même triste. Je commençais à croire qu'elle était malade. Lisbeth me confia qu'elle n'était pas souffrante, mais qu'elle vivait un chagrin d'amour. Quelques jours auparavant, elle l'avait vue sortir de la roulotte d'Allan, le visage empourpré, tandis que lui la suivait pour tenter de la retenir.

— Je pensais que tu savais que j'avais une amie. Nous allons nous fiancer une fois la tournée terminée, avait-il dit en posant la main sur l'épaule de madame.

Cette dernière avait rejeté ce geste d'affection avant de s'enfuir précipitamment.

Lisbeth avait eu l'impression d'entendre la directrice pleurer, mais elle avait dû se tromper, car nous n'avions jamais vu une larme couler de ses yeux. Lorsqu'un jour Carlos lui offrit un énorme bouquet de roses, elle retrouva le sourire.

— Pour la plus belle femme de la troupe, dit-il, ce qui nous surprit tous.

Fleur raconta qu'il était amoureux de madame depuis plusieurs années, mais qu'il l'avait toujours caché. Puisqu'il n'était plus en concurrence avec Allan, il avait fini par déclarer ses sentiments. Ou bien, comme certains le pensaient, il profitait de la situation pour courtiser la directrice du cirque, par intérêt.

En vérité, je ne me souciais pas de comprendre les raisons du comportement de Carlos. J'avais mieux à penser, car une nouvelle aventure nous attendait, Lisbeth et moi : la tournée en Angleterre.

Ce fut au cours de la traversée, au début de l'automne, que madame Zénitha dénicha dans un journal anglais quelques nouvelles extraordinaires.

35

Madame Zénitha, qui parlait plusieurs langues, nous traduisit ce qu'elle lisait dans le journal. Elle commença par un article sur une vieille connaissance.

— Ce sale voleur ! déclara-t-elle en agitant une main crispée. Il est écrit que le magicien de renommée mondiale, Signor Rosatti, a fondé une école de magie à New York. Les inscriptions sont si nombreuses qu'il envisage de créer une classe double. Il se produit également en ville, où il présente son numéro de prestidigitation. Le journaliste ajoute que son assistante et charmante épouse Florentina l'aide à l'école comme à la scène.

Madame serra les mâchoires de rage :

— Il a fondé cette école avec l'argent de mes bijoux !

Puis elle nous traduisit l'autre nouvelle :

— Le cirque Gelotti tourne aussi en Angleterre. Nom d'un chien ! Ils sont en ce moment à Hastings !

C'était si excitant que j'arrivais à peine à le croire. Le cirque Gelotti était à Hastings, la petite ville d'Angleterre où nous avions prévu de nous rendre. Lisbeth et moi étions si enthousiastes que nous ne tenions pas en place ; nous prenions cependant garde à ne pas montrer notre joie à madame.

Nous accostâmes à Hastings le mercredi. Le jeudi matin, les roulottes n'étaient pas encore arrivées. Eskil et Fleur, accompagnés du petit Martin, étaient restés à la douane en attendant l'autorisation d'entrer sur le territoire avec les chevaux.

Madame décida donc de repousser notre première représentation au vendredi, ce qui signifiait pour nous une journée entière de temps libre ! C'était un luxe inestimable, mais madame Zénitha veilla à ce que nous ne restions pas oisives.

— Ellen et Lisbeth, vous nous aiderez à installer les bancs sous le chapiteau. Puis vous aurez deux heures d'entraînement, n'oubliez pas ! ordonna-t-elle en nous regardant sévèrement.

Nous ne transportâmes jamais les bancs aussi vite que ce jour-là. Je n'avais même pas mal au dos. Tandis que nous faisions quelques exercices de souplesse rapides sur la piste, Lisbeth suggéra :

— On pourrait descendre en ville en catimini, après ?

— Bonne idée ! On pourrait se promener, et aller voir le cirque Gelotti !

Je sentais l'excitation monter :

— Mais comment faire ? Madame remarquera sûrement que nous sommes parties.

— Elle ne remarquera rien du tout, m'assura Lisbeth, car elle sera absente elle aussi.

— Comment tu le sais ?

— J'ai entendu Carlos annoncer fièrement qu'il comptait l'inviter à dîner dans le restaurant le plus chic de la ville.

C'était trop beau pour être vrai. Non seulement nous avions une soirée libre, mais j'allais pouvoir échapper à ma gardienne pour quelques heures ! Un peu plus tard, lorsque madame jeta un œil sous le chapiteau, nous redoublâmes d'efforts dans nos exercices.

— C'est bien, les filles, continuez comme ça ! nous encouragea-t-elle avant de refermer la toile derrière elle.

Nous dûmes attendre un long moment avant que Carlos ne prononce la phrase libératrice. Nous nous étions lavées et changées, et nous jouions aux cartes devant notre roulotte. Le temps semblait s'être arrêté. Au moment où Lisbeth rassembla le jeu et où nous entreprîmes de faire un tour dans le camp, nous entendîmes la voix de Carlos résonner entre les roulottes.

Il revenait de la ville, où il avait acheté de nouveaux vêtements. On aurait presque dit une star de cinéma, à condition, bien sûr, d'ignorer sa très petite taille et son œil qui regardait toujours droit vers le ciel. Son pantalon à fines rayures blanches et sa veste bleu marine cintrée assortie d'un nœud papillon étaient à la toute dernière mode. Il avait gominé ses cheveux bruns, qui formaient de jolies vagues sur son front, et portait un chapeau de paille de biais, ce qui lui donnait une allure décontractée.

— Chère Wilhelmina, me feriez-vous l'immense honneur de dîner avec moi ce soir ?

Il se tenait devant la roulotte de madame Zénitha, et avait ôté son chapeau. Il n'adoptait pas seulement l'allure et la gestuelle d'une star de cinéma, il en imitait aussi l'éloquence. Comme notre roulotte était installée à côté de celle de la directrice, nous étions aux premières loges pour assister à la scène. Je me mangeai les joues pour éviter de rire en voyant Carlos cabotiner. Je n'osais pas regarder Lisbeth, de peur de ne pouvoir me retenir.

Madame, elle, ne semblait pas voir le ridicule de cette déclaration : elle avait rougi, et elle balayait son boa rose devant son visage comme une jeune fille. Puis elle rentra dans la roulotte en gloussant, et Carlos la suivit.

— Tu vois, dit Lisbeth en m'envoyant une pichenette à la taille.

En hâte, nous enfilâmes notre peignoir, nous assîmes chacune sur notre lit, puis nous attendîmes innocemment que madame vienne nous voir.

— Bien, les filles, vous êtes prêtes à aller vous coucher ? Carlos et moi allons en ville, nous ne serons pas longs. Pas de bêtises, hein !

Elle sortit si vite de la roulotte que son élégant chapeau buta contre le cadre de la porte.

Une fois que leurs voix furent inaudibles, nous nous débarrassâmes de notre peignoir. Je me mis à fouiller dans ma malle à vêtements. Je savais exactement ce que je cherchais. Je le trouvai sous le tas de robes de fillette à volants et à dentelle. Je l'étalai sur mon lit. Lisbeth soupira de jalousie en découvrant la robe en soie violette, dont la taille tombante était marquée par un ruban plus foncé.

— Mary me l'a donnée avant de partir. Elle trouvait que la couleur n'allait pas avec ses cheveux roux, expliquai-je en caressant l'étoffe.

C'était le vêtement le plus beau et le plus moderne que je possédais. J'ôtai ma tenue verte banale et passai la robe en soie. Je l'avais déjà essayée plusieurs fois auparavant, et je savais qu'elle me donnait l'air adulte, même si je n'avais que quatorze ans.

— Ouah, comme tu es belle ! dit Lisbeth, en se prenant le visage entre les mains.

— Attends, ce n'est pas fini.

Je tirai une boîte de sous mon lit : elle contenait mes souliers noirs vernis, que je n'avais le droit de porter que pour le spectacle. Ils se fermaient par une bride à la cheville et, le plus important de tout, ils avaient des talons hauts.

— Si je les nettoie en rentrant, personne ne remarquera que je les ai mis, affirmai-je en adressant une grimace à Lisbeth qui fronçait les sourcils.

J'hésitai sur la coiffure à adopter. Finalement je plaçai un ruban sur mes cheveux, je le nouai sur la nuque, puis je crêpai légèrement mes cheveux pour leur donner un aspect gonflé de chaque côté du visage et imiter le carré. Je rêvais d'avoir cette coiffure, mais madame m'avait formellement interdit de me couper les cheveux, et estimait en outre que le carré manquait de chic.

Pendant que je finissais de me préparer, Lisbeth entrouvrit la porte et s'assura que la voie était libre. Il faisait encore clair, mais les nuages rougeoyaient dans la lumière du couchant ; la nuit n'allait pas tarder à tomber.

La publicité du journal froissée en boule dans ma main, je trottinai aussi vite que possible sur mes hauts talons à côté de Lisbeth, qui avait choisi des chaussures nettement plus plates.

Au bout de deux kilomètres, nous vîmes les quatre mâts du cirque se détacher dans le ciel ; nous nous dirigeâmes vers eux, les suivîmes comme un bateau vers la lumière d'un phare.

Le chapiteau était plus grand et plus beau que le nôtre. La toile vert émeraude portait le nom Gelotti écrit en lettres blanches et dorées au-dessus de l'entrée.

— On ferait peut-être mieux de partir. Eskil et la directrice nous tueront s'ils apprennent qu'on est venues ici, dis-je en me rongeant l'ongle du pouce.

— Sans parler de Fleur, ajouta Lisbeth.

Mais, sans pouvoir l'expliquer, nous nous retrouvâmes soudain dans la file d'attente de la billetterie. J'avais l'estomac noué tant je craignais que quelqu'un nous reconnaisse. Pourtant, il n'y avait aucune raison de s'inquiéter ; personne ne faisait attention à nous. Nous n'étions que deux jeunes filles venues assister à un spectacle de cirque, tout comme la vingtaine de filles et de garçons de notre âge qui patientaient dans la file.

Lorsque nous pénétrâmes sous le chapiteau et que l'odeur familière du cirque nous enveloppa, mon cœur battait si fort que je crus qu'il allait transpercer ma robe. Par chance, il restait deux places au deuxième rang, d'où nous avions une vue dégagée sur la piste. J'avais l'impression que nous étions en mission d'espionnage, ce qui était le cas d'une certaine façon. J'étais curieuse de connaître la famille Gelotti, à propos de laquelle Fleur avait raconté tant de mal.

La représentation commença, et je plongeai dans un univers aussi réel pour moi que le monde extérieur. Les jongleurs m'impressionnèrent, mais le clown était moins bon que notre Carlos, et les tigres qui faisaient semblant d'être morts furent le meilleur numéro, jusqu'à ce qu'arrive le dernier artiste.

— *Ladies and gentlemen*, voici l'acrobate volant, Joe Gelotti !

Je pris la main de Lisbeth et la serrai très fort. Enfin un Gelotti ! En voyant apparaître le jeune homme sur la piste, j'eus le souffle coupé. Il était si élégant ! Grand, souple, aux larges épaules et aux cuisses musclées, avec des cheveux blonds qui lui tombaient sur le front. Et le sourire qu'il adressa au public était tout simplement magique. Je sentis une onde de chaleur descendre de ma poitrine jusqu'à mes orteils.

— Il doit avoir notre âge, non ? chuchota Lisbeth.

Je hochai nerveusement la tête. Non seulement il était beau, mais c'était l'un des trapézistes les plus doués que j'eusse jamais vus, et j'en avais rencontré beaucoup. Il passait hardiment d'un trapèze à l'autre en exécutant des sauts périlleux, et se balançait sur la tête. Il conclut son numéro par un salto arrière, mais, juste à la fin du saut, il sembla lâcher la prise du trapèze. En le voyant chuter dans le vide, je poussai un cri, comme le reste du public, mais, au dernier moment, il attrapa du pied un trapèze au-dessous. Il se releva avec grâce et fit un clin d'œil aux spectateurs.

— Quelle ruse ! J'étais morte de peur, dit Lisbeth, qui reprenait à peine son souffle.

C'est à ce moment que mon regard croisa celui de Joe Gelotti. Il cligna des yeux comme s'il était ébloui par les projecteurs, puis me fixa pendant quelques secondes. Mon cœur s'enflamma à la manière d'un foyer ardent.

Mais ce n'était pas fini. Parmi les innombrables fleurs que lui envoyait le public, il choisit une rose, s'approcha du bord de la piste et lança la fleur, qui atterrit sur mes genoux. Puis il salua la foule et disparut dans les coulisses.

36

Joe Gelotti ne quitta plus mon esprit. Il occupait mes pensées le jour et mes rêves la nuit. Ce soir-là, après le spectacle, je rentrai chez nous hypnotisée.

Madame Zénitha et Carlos ne furent de retour que quelques heures plus tard. Nous étions déjà couchées, et la lampe de notre roulotte, éteinte. J'étais si obnubilée par Joe qu'il m'importait peu que notre excursion à la sauvette ne soit découverte.

Le lendemain, j'étais encore sur mon nuage ; je sombrais à chaque minute dans des songes romantiques. Je me voyais danser avec Joe Gelotti. Il passait son bras autour de moi et m'embrassait. Pendant l'entraînement, j'étais si distraite que je fis un faux pas et perdis l'équilibre. La chute était sans gravité, mais je m'étais néanmoins foulé le poignet en voulant me rattraper. Au moins, la douleur me fit oublier Joe Gelotti pendant un moment. Sans surprise, je reçus une réprimande de madame, qui remarqua que les artistes de cirque dignes de ce nom ne perdent jamais leur concentration. Mais j'estimais que cette blessure légère ne justifiait pas d'annuler mon numéro de funambule.

Quelques heures avant le début du spectacle, comme ma main enflait et que la douleur ne se calmait pas, j'allai voir Allan dans sa roulotte. Bien qu'il n'eût pas de qualification particulière dans ce domaine, il était l'infirmier de notre cirque. Il examina attentivement ma main, mais ne décela ni fracture ni fêlure.

— Elle est simplement foulée, conclut-il en l'enveloppant dans un bandage serré. L'idéal serait que ton numéro soit déprogrammé, mais nous savons tous que c'est impossible. Essaye au moins de la garder au repos jusqu'à ce soir.

Lisbeth m'aida à revêtir mon costume et à nouer les lacets de mes chaussures. En attendant dans les coulisses, j'appuyai ma tête contre la toile froide pour focaliser mes pensées sur le numéro.

Ce fut mon tour. J'entrai en scène en dansant, puis, après avoir effectué quelques acrobaties, je grimpai sur la corde. C'était plus difficile avec une seule main et l'opération prit deux fois plus de temps que d'habitude. J'avais prévenu que je ne voulais pas de balancier ; puisque je ne pouvais pas le tenir dans mes deux mains, il ne me serait d'aucune utilité.

Je me concentrai sur la corde tendue devant moi, et plaçai un pied. L'orchestre se mit à jouer, et je commençai ma chorégraphie. Je sentis le public retenir son souffle lorsque j'exécutai un salto arrière puis retombai sur la corde. À ce moment, un visage accrocha mon regard dans l'assistance. De peur de perdre l'équilibre, je détournai les yeux et continuai mon exercice, le cœur tambourinant dans ma poitrine.

Une fois arrivée sur la plate-forme, je regardai à nouveau dans le public. Oui, c'était lui ! Joe Gelotti était assis au premier rang et m'observait. Un bref sourire se dessina sur ses lèvres ; il avait dû croiser mon regard. Je pris une série de profondes inspirations et fixai le mât devant moi, puis je fis un saut et retombai en grand écart sur la corde. Les spectateurs m'acclamèrent tandis que je pivotai et effectuai un salto pour atterrir les deux pieds au sol.

Je saluai dans toutes les directions ; en me tournant vers Joe Gelotti, je vis qu'il s'était levé pour m'applaudir. Je rougis, puis me repris et envoyai quelques baisers de la main avant de quitter la piste.

— Ta main est encore bleue et gonflée, fit remarquer Lisbeth en m'aidant à retirer le bandage, qui me blessait la peau.

J'enfilai mon peignoir et Lisbeth me fit un nouveau pansement avec deux bandes découpées dans un maillot blanc. Lorsque le spectacle fut terminé, je me précipitai vers la porte du chapiteau pour tenter d'apercevoir Joe Gelotti. Mais le public sortait en masse et je n'eus pas le temps de distinguer les visages dans cette marée humaine.

Que faire pour le revoir ? Je n'aurais probablement plus d'occasion de m'échapper seule du cirque. J'avais beau réfléchir, je ne trouvais aucune solution. Ma tristesse ne dura pas longtemps, car, le soir même, Bengt, un de nos palefreniers, m'apporta un message qui me fit sauter de joie.

Il me tendit une enveloppe blanche sur laquelle était inscrit *Elisaveta* :

— C'est un gars qui me l'a donnée, il m'a payé pour que je te la remette au plus vite.

Je m'enfermai et me dépêchai de déchirer l'enveloppe. J'y trouvai une demi-feuille de papier blanc, sans en-tête.

Chère Elisaveta,

Simplement pour vous dire que vous êtes une artiste remarquable. J'aimerais faire plus ample connaissance avec vous. Voudriez-vous venir à la soirée dansante, ce soir, sur la jetée ?

Je vous y attendrai.

Amitiés,
Joe Gelotti.

37

Grâce à Allan, je me trouvai deux heures plus tard sur la plage.

Sans sa précieuse complicité, ma rencontre avec Joe Gelotti n'aurait probablement jamais eu lieu.

Vêtue de ma robe violette, j'observais la plage jonchée de rochers ronds et lisses. La Manche semblait s'étendre à l'infini. Je me souvins de la place de la Criée et repensai à la mer qui touchait le ciel bleu-gris pour ne faire qu'un avec lui. Ici, la mer était différente, à la fois plus bleue et plus chaude. Même l'odeur était différente, moins âcre, plus fraîche ; ça sentait surtout le goémon, mêlé d'effluves de poisson.

Allan m'avait accompagnée jusqu'à la jetée et nous étions convenus qu'il viendrait me chercher deux heures plus tard. Deux heures rien qu'à moi : ça me semblait une éternité. C'était lui qui avait convaincu madame

Zénitha de nous laisser, Lisbeth et moi, le suivre en ville. Nous allions nous promener le long de la plage, puis dîner dans un petit restaurant sur la digue, avait-il expliqué. Madame avait hésité un peu avant de donner son autorisation. Bien sûr, Lisbeth était restée au camp, mais madame n'en savait rien.

Je respirai profondément, emplissant mes poumons d'air iodé, puis je montai les quelques marches qui menaient à la jetée et me dirigeai vers le kiosque tout au bout. Le vent marin effleurait ma nuque.
Le kiosque était éclairé, des rires et de la musique s'en échappaient. Les torches placées au milieu de la jetée dégageaient une odeur de flamme et de paraffine. Il ne faisait pas encore nuit, mais un croissant de lune se dessinait déjà dans le ciel. Je m'approchai lentement de la fête, et je défis mon bandage, que je rangeai dans le sac à main que m'avait prêté Lisbeth. Puis j'entrai dans le kiosque. Il y faisait chaud, l'espace était réduit. Une centaine de personnes étaient adossées aux murs ou assises à des tables installées pour l'occasion. À l'avant de la salle, je vis une grande piste de danse ovale ainsi qu'une scène où jouait un orchestre. Tous les musiciens portaient un costume bleu marine avec cravate. Je scrutai les visages sur la piste, mais je n'aperçus pas Joe Gelotti. Je m'approchai, fascinée par les couples qui

suivaient habilement les variations de la musique. C'était si harmonieux qu'on avait l'impression d'assister à un spectacle plutôt qu'à une simple soirée dansante. C'est à cet instant que je l'aperçus.

Il dansait côte à côte avec une fille aux cheveux bruns crantés et plaqués. Elle était mince et portait une robe bordeaux qui tombait juste sous le genou. Mon cœur s'emballa en le voyant guider sa partenaire avec aisance. Il avait un bras autour de sa taille, et elle, une main sur son épaule. J'allais me tourner lorsqu'il croisa mon regard. Il me fit un signe que je ne compris pas, alors je l'attendis jusqu'à la fin du morceau. Il remercia la fille brune, puis se fraya un passage entre les couples de danseurs pour me rejoindre.

— Salut, nous n'avons pas encore été présentés, n'est-ce pas ? Joe Gelotti, dit-il en me tendant la main droite.

Il était encore plus beau de près. Ses yeux bleu-vert étaient bordés de cils bruns. Son nez droit s'arrêtait juste au-dessus d'une bouche pulpeuse, et, lorsqu'il sourit, je vis une fossette se dessiner sur l'une de ses joues.

— Ellen, répondis-je en lui serrant la main.

Sa poigne était ferme, la poigne d'un acrobate.

— Ellen ? Je croyais que vous vous appeliez Elisaveta.

Il parlait suédois avec un léger accent.

— C'est mon nom d'artiste, expliquai-je en le suivant vers la piste.

Lorsque l'orchestre se remit à jouer, je mis ma main sur son épaule. Le tissu de sa veste était raide, sa peau sentait le savon. Je fermai les yeux et me laissai emporter par ses pas de danse.

J'étais assez mauvaise dès qu'il s'agissait de suivre un rythme, et je perdis vite confiance. L'orchestre alternait des morceaux calmes et d'autres plus entraînants. J'adorais cette musique – le *dixieland*, m'expliqua Joe.

Il me montra la technique à une seule main pour soulager ma main blessée, et j'imitais ses gestes pour tourner et pour lancer les pieds en rythme. Les deux heures passèrent à une vitesse folle, et bientôt l'obscurité s'abattit sur le kiosque. Nous ne pûmes discuter longtemps, car la musique était si forte qu'il fallait crier pour s'entendre. Néanmoins, j'appris à ma grande surprise que la maman de Joe était suédoise, raison pour laquelle il parlait aussi bien cette langue. Sa mère avait été l'épouse de Luc Gelotti, le frère du directeur du cirque, lui-même mari de la sœur de Fleur. Mais Luc avait péri dans un accident alors que Joe n'avait que deux ans.

– Ma mère a choisi de rester au cirque avec moi. C'était le seul moyen pour elle de nous faire vivre. Et je suis devenu acrobate, comme mon père, me raconta-t-il en souriant, faisant apparaître sa fossette à nouveau.

J'avais vu Joe Gelotti pour la première fois le soir où j'étais allée au cirque avec Lisbeth, mais lui avoua qu'il m'avait déjà remarquée un an auparavant :

— Mon grand-père était gravement malade, alors nous sommes rentrés en Suède pour lui rendre visite. C'est là que nous avons assisté à l'une de vos représentations. Nous étions curieux, maman et moi, de connaître le cirque avec lequel mon oncle s'était querellé.

Il ajouta qu'il m'avait trouvée jolie, et qu'il avait pensé à moi plusieurs fois après le spectacle. Il avait donc été surpris de m'apercevoir dans le public à Hastings. Je me sentis rougir et ne sus que répondre. Je jetai un coup d'œil à l'horloge, il était déjà tard. Allan devait m'attendre.

— Je dois partir, maintenant, il est l'heure.

Joe m'accompagna sur la jetée. Il s'arrêta à mi-chemin et me prit la main.

— Puis-je t'écrire ? me demanda-t-il sérieusement en me caressant la paume.

Un frisson remonta de mon bras jusqu'à ma poitrine :

— Oui, bien sûr. Tu veux venir au cirque, demain ? Je peux réserver des billets.

— C'est impossible. Nous levons le camp ce soir. Nous partons pour Paris.

En entendant ces derniers mots, je ressentis le même vide que lorsque tous les projecteurs de la piste s'éteignent, à la fin du spectacle.

38

Joe tint sa promesse. Ses lettres comportaient quelques fautes ainsi que des mots étrangers, mais elles étaient agréables et amusantes. Il me racontait des anecdotes comiques sur le cirque, et je trouvais fascinant qu'une personne de mon âge vive la même vie particulière que moi.

Je rangeai ses lettres dans une boîte tapissée de soie que je gardais sous mon oreiller. Je les ai encore aujourd'hui. Je les ai lues des centaines de fois.

En attendant le courrier, ma vie au cirque continuait sans changement. Nous étions de retour en Suède, nous nous produisions dans les petites villes. C'est au cours de cette tournée que je fis une rencontre pour le moins inattendue.

Ce soir-là, le chapiteau était comble. Après mon habituel salut au public, je quittai la piste en courant à reculons. Soudain, quelque chose attira mon attention. Je vis un spectateur se lever et se diriger vers la sortie. Ce n'était qu'un détail insignifiant, mais je le remarquai néanmoins, car il était rare qu'une personne quitte sa place après mon numéro, qui se situait en milieu de programme. Une fois à l'entrée des coulisses, je tournai la tête pour voir qui était si pressé.

C'était une dame à la tenue soignée, en jupe et chemisier blanc. Elle regardait fixement dans ma direction, ce qui me rendit nerveuse. Elle était peut-être un de ces admirateurs fous qui veulent du mal aux artistes qu'ils idolâtrent ? J'avais lu dans le journal qu'au Danemark, un acrobate avait été assassiné par un malade mental.

Je me hâtai vers le vestiaire, et j'entendis derrière moi les pas de la dame s'accélérer dans l'herbe. Elle me rattrapa avant que je parvienne à la tente. Je poussai un cri, bien qu'elle eût seulement posé la main sur mon épaule.

En voyant son visage, j'eus comme un frisson. Non pas qu'il m'effrayait, mais il me rappelait quelqu'un. La dame avait des cheveux blonds bouclés et de tristes yeux bleu-vert.

— Ellen, tu ne me reconnais pas ?

Elle semblait au bord des larmes. Je reculai, méfiante.

— Je suis ta maman, dit-elle en me tendant la main.

Le ciel aurait pu me tomber sur la tête, je n'aurais pas bougé davantage. Je crois que je ne clignai même pas des yeux.

Cette dame qui prétendait être ma maman fouilla fébrilement dans son sac à main et finit par en sortir un mouchoir blanc, qu'elle pressa contre ses paupières.

— Je t'ai écrit des lettres depuis que tu es partie.

Je réagis aussitôt :

— Ce n'est pas moi qui suis partie, c'est toi qui m'as vendue pour un manteau et une paire de gants !

De la salive avait coulé de ma bouche, je l'essuyai avec le revers de la main. Mes paroles l'avaient touchée en plein cœur. Son visage pâlit, et elle laissa tomber le mouchoir sur le sol.

— Je ne t'ai pas vendue, murmura-t-elle. J'ai placé l'argent que m'a donné Wilhelmina Pettersson sur un compte à ton nom. Tu n'as pas reçu mes lettres ? Attends, j'ai apporté le livret d'épargne.

Elle plongea la main dans son sac et en tira un petit carnet noir, qu'elle ouvrit :

— Voilà, c'est ton argent, il t'appartient.

Elle me mit le livret sous les yeux, et je pus voir mon nom et la somme qui avait été déposée.

— Mais pourquoi m'as-tu abandonnée, si tu n'as pas gardé l'argent ?

— Je n'arrivais plus à nous faire vivre. Quand tu es tombée du pont, les Services de protection de l'enfance sont venus à la maison. Je t'ai expliqué tout ça dans une de mes lettres.

Elle renifla et me prit la main en tâtonnant. Je la laissai faire, alors que j'aurais préféré croiser les bras pour me protéger du froid qui me glaçait les os.

— Je n'ai reçu aucune lettre, répliquai-je d'une voix dure et sèche.

Elle cligna des yeux et se frotta rapidement la joue, comme si elle cherchait ses mots.

— Je suis mariée, maintenant… avec un homme nommé Per. Il est très gentil avec moi. Tu as une petite sœur qui s'appelle Hilda et un petit-frère, Karl-Olof.

Je me contentai de hocher la tête. J'ignorais quelle réponse elle attendait de moi.

— J'aimerais que tu reviennes à la maison, nous vivons dans une grande ferme…

Elle me serra la main plus fort. J'aurais dû être folle de joie, car c'était bien ce dont j'avais rêvé pendant de si longues années. Mais ce n'était plus le cas à présent. Un grand vide m'envahit.

Puis la voix de madame Zénitha résonna dans le camp :

— Ellen, où es-tu passée ? Tu es sur le prochain numéro !

Je lâchai la main de ma mère et courus vers le vestiaire. J'ôtai ma robe en tremblant et enfilai mon nouveau costume rouge de cavalière.

— Qu'est-ce qui se passe, Ellen ? On dirait que tu as vu un revenant, dit Lisbeth en me caressant les épaules.

— Oh, ce n'est rien.

Je me précipitai hors du vestiaire, mon numéro allait être annoncé. Dehors, ma mère n'avait pas bougé.

— Je ne peux pas, pas maintenant, dis-je en passant devant elle au pas de course.

En entrant sur la piste, je pris conscience que mes joues étaient trempées de larmes.

Je ne suivis pas maman. Ce fut une décision atroce. J'eus l'impression de me briser en mille morceaux. J'avais rêvé de ce moment, mais, même si une partie de moi voulait se jeter dans ses bras, j'en étais en fait incapable. Je ne connaissais plus ma mère, elle était une étrangère pour moi. Tout ce que j'avais vu était une dame grande et mince, incroyablement triste, qui ne correspondait pas à l'image que j'avais de ma maman.

Elle rentra donc seule à la ferme où vivaient mes frère et sœur. Que croyait-elle ? Que j'allais rentrer et que tout irait bien ? Que j'allais oublier toutes les nuits où j'avais pleuré tant elle me manquait, oublier les entraînements si difficiles que j'en avais les pieds en sang et que mes mains me faisaient mal comme celles d'un vieillard ?

Plus tard dans la soirée, ma colère changea de cap. En repensant à la conversation que nous avions eue, je me souvins qu'elle avait parlé de lettres. Elle m'avait écrit des lettres ! Madame Zénitha, cette cruelle sorcière, avait dû les cacher. Furieuse, je courus vers sa roulotte. Je distinguai sa silhouette à travers les rideaux ; je ne pris même pas la précaution de frapper à la porte :

— Où sont les lettres que ma mère m'a envoyées ?

Pour la première fois, j'avais osé hausser le ton face à elle. Le visage décomposé, elle laissa retomber ses épaules.

— Je les ai brûlées, répondit-elle sèchement.

Des taches rouges apparurent sur ses joues.

— Tu as ruiné ma vie ! hurlai-je.

Je sortis en claquant la porte si fort que j'entendis des cadres tomber des murs.

Mais madame Zénitha m'avait menti. Quelques heures plus tard, Eskil vint toquer à ma porte. Avant d'ouvrir, je passai un peu d'eau fraîche sur mes yeux gonflés.

— Ne sois pas triste, Ellen, dit-il en me tendant une grande boîte à cigares.

Il l'ouvrit et je découvris toutes les lettres que maman avait écrites au fil des années. Sur le coup, j'étais tellement en rage contre madame que je ne voulais plus la revoir. Mais je lui fus malgré tout reconnaissante d'avoir gardé mon courrier. Il aurait été plus simple pour elle de le détruire, ce qui prouvait qu'elle avait quand même un peu de cœur.

Je les lus toutes d'une traite et pleurai tant que, le lendemain, Lisbeth eut du mal à maquiller mes yeux bouffis de chagrin. Chaque fois que je pensais à ces lettres, une immense douleur m'envahissait. Elles auraient pu changer ma vie – ou non. Après tout, je n'en savais rien. Je décidai de regarder vers l'avenir, plutôt que de ressasser le passé.

Hilda, ma petite sœur, occupait souvent mes pensées. Je me demandais si elle me ressemblait. J'imaginais que maman la donnait aussi au cirque et que je prenais soin d'elle.

39

Dalbo, le 29 juin 1925

Chère Ellen,

Je ne vais pas te mentir ; notre rencontre, sur laquelle j'avais fondé de grands espoirs, m'a fait beaucoup de peine. Malheureusement, les choses ne se passent pas toujours comme on les a imaginées.

Cela fait quelques semaines que j'attends, mais je commence à m'habituer à l'idée que tu ne viendras pas. En dépit de mon immense chagrin, je comprends ta décision. Tu as vécu au cirque plus longtemps que tu n'as vécu avec moi. Le cirque représente toute ta vie désormais. Que ferait une jeune fille aussi belle et talentueuse que toi dans une ferme ? Tu mourrais d'ennui, sans doute.

Dès que tu es entrée en scène ce soir-là, tes cheveux scintillant sous les feux des projecteurs et tes yeux brillant de bonheur, j'ai su que tu appartenais à ce monde-là. Puis, quand tu as commencé à danser sur la corde, mon cœur s'est soulevé, tu étais époustouflante ! Et si pleine de grâce ! J'étais si fière en voyant le public se lever pour t'applaudir. J'avais envie de crier : « Regardez, c'est ma fille, c'est une grande artiste, maintenant, voyez comme elle est resplendissante ! »

Ma raison me disait que tu ne me suivrais pas, mais mon cœur ne voulait pas l'admettre.

À présent, j'accepte la situation, mais j'espère néanmoins que tu viendras nous rendre visite pendant quelques jours. Un lit t'attend dans la chambre de Hilda, il sera toujours prêt au cas où tu arriverais à l'improviste.

Enfin, je veux aussi que tu saches, mon Ellen adorée, que tu resteras toujours mon enfant chérie, quoi que tu fasses, où que tu ailles.

Je vais cesser de t'envoyer des lettres pendant un moment, mais j'espère que tu prendras le temps de m'écrire quelques lignes, un jour.

*Je t'aime très fort,
Ta maman.*

40

Au printemps suivant, nous partîmes en tournée au Danemark. Rien n'était vraiment plus comme avant : je ne me plaisais plus au cirque, malgré la présence de Lisbeth et de Martin. Tout ça par la faute de madame Zénitha. Elle m'avait trahie et ça me faisait mal, très mal. La colère était toujours là, comme une épine sous la peau. Je rêvais secrètement de chercher une place dans une autre troupe, parce que, je le savais désormais, j'appartenais au monde du cirque. J'adorais évoluer sur la piste, mais je ne voulais plus travailler sous la direction de madame. Elle ignorait sans doute que j'avais de telles pensées ; elle continuait à me traiter comme à l'ordinaire, et n'évoqua plus jamais les lettres de maman. Et je manquais d'audace pour prospecter ailleurs.

Pendant la traversée en ferry vers le Danemark, je pus à peine me reposer car je devais surveiller Martin. Il avait grandi et l'on aurait pu croire qu'il était plus calme, mais ce n'était qu'une illusion. S'il avait gardé son sourire angélique, il était toujours aussi turbulent. Si mes souvenirs sont bons, je lui évitai de tomber à l'eau au moins cinq fois. Sa dernière tentative faillit mal se terminer ; je le surpris à califourchon sur le bastingage. De justesse, j'empoignai le col de sa chemise et le tirai vers le pont. Mais, alors que, le cœur palpitant, je le disputais pour son imprudence, Fleur arriva.

— Oh, ne gronde pas ce petit amour ! Il ne savait pas qu'il agissait mal, dit-elle en lui caressant les cheveux.

Il lui adressa un sourire innocent, tandis que je serrais les poings, mourant d'envie de l'attraper par les cheveux et de le secouer.

Heureusement, il sortit du bateau indemne. Il termina le voyage sagement assis entre Eskil et Fleur, dans le train qui nous menait vers un petit village voisin d'Ålborg, où nous devions présenter notre spectacle.

À côté du pré où le chapiteau fut dressé et le campement installé, se trouvait une petite pension dirigée par deux vieilles dames très gentilles. Madame Zénitha leur offrit des billets pour une représentation, et en remerciement elles nous invitèrent à déjeuner. Elles nous donnèrent à Lisbeth et moi une liasse de journaux et de magazines locaux, et, même si nous ne comprenions pas tout ce qui était écrit, nous passâmes des nuits entières à les feuilleter. J'aimais surtout admirer les images de mode. C'est justement sous l'une de ces illustrations que mon regard s'arrêta sur une petite annonce : *Le cirque Gelotti fait une halte dans la commune.*

Mon cœur s'emballa. Je parcourus les quelques lignes d'un rapide coup d'œil. Oui, Joe était bien à Ålborg. Le cirque donnait la première ce soir-là : j'irais à sa rencontre !

Il fallait que j'élabore un stratagème pour m'échapper seule du camp. Madame avait dit qu'elle irait en ville avec Fleur, le lendemain, pour acheter du tissu. Comme d'habitude, j'étais censée m'entraîner, mais j'avais une tout autre idée en tête. Je décidai d'accompagner les palefreniers à un atelier de campagne situé à quelques kilomètres de notre cirque, et de les aider à en rapporter des planches pour de nouveaux bancs. Les deux palefreniers me regardèrent d'un air dubitatif lorsque je leur exposai ma proposition, mais je parvins à les convaincre.

Si j'avais su à quel point ce serait exténuant de charger ces planches, je n'aurais probablement jamais eu cette idée. Pour me taquiner, les garçons me demandèrent si ce n'était pas trop lourd, et affirmèrent qu'il serait plus rapide de me porter directement avec les planches. Mais je serrai les dents et continuai le travail, malgré le mal de dos et d'innombrables échardes.

Au moment de rentrer au cirque, j'étais si abattue que j'avais juste envie de m'allonger dans l'herbe devant l'atelier. Mais l'idée de revoir Joe m'obsédait. Je bondis dans la charrette, m'assis au bord et laissai mes jambes pendre dans le vide. Le chargement était si lourd que, malgré la force des chevaux de trait, l'équipage avançait lentement. J'avais un plan. Sitôt que j'aperçus les premiers toits de la ville, je me tins prête. Je jetai un œil aux garçons assis à l'avant, mais ils ne détournèrent pas leur attention. Lorsque l'équipage ralentit davantage pour aborder une côte, je pris de l'élan et sautai de la charrette.

J'atterris jambes fléchies, courbai le dos et courus me cacher derrière un grand mur en pierre. Les palefreniers semblaient n'avoir rien entendu, car ils poursuivaient leur conversation. J'attendis que la charrette ait disparu, puis je montai la côte, direction : la ville. Au bout de quelques kilomètres, je vis les mâts du cirque se découper sur le ciel.

Malgré mes douleurs, je marchais aussi vite que possible. J'approchai enfin du chapiteau vert émeraude. Je m'arrêtai à une cinquantaine de mètres de l'entrée. Le sac contenant mes quelques affaires personnelles pendait comme une tonne de plomb à mon bras. J'en sortis un peigne et un petit miroir. Mon visage était écarlate et mes cheveux formaient comme une barbe à papa autour de mes joues. Je démêlai mes boucles avec une telle énergie que le peigne faillit se briser. Une fois coiffée, je me dirigeai avec assurance vers l'entrée du cirque.

L'agitation régnait. Devant le chapiteau, deux jongleurs se lançaient des quilles. À côté d'eux, quatre acrobates formaient une pyramide humaine. Quelques enfants jouaient avec un chiot qui leur mordillait les pieds, et un peu plus loin une dame brune et costaude faisait la vaisselle dans une grande bassine en zinc. Mais Joe n'était pas là. J'avançai timidement, l'estomac noué car je savais que j'attirais l'attention.

– Tu cherches Joe ?

Je me retournai d'un coup, surprise d'entendre quelqu'un parler suédois. C'était une femme mince et blonde au visage doux et aux yeux bleus si clairs qu'ils paraissaient transparents. Elle devait avoir environ trente ans. Incapable de répondre, je me contentai de hocher la tête.

– Suis-moi, je vais te montrer où il est. Dis-moi si je marche trop vite.

Elle s'exprimait d'une voix douce, avec un accent chantant. Comme j'avais entendu des artistes du nord de la Suède parler de la même façon, je supposai qu'elle venait de cette région. Elle passa entre les roulottes et devant les cages. Les tigres rugirent. Je me demandai si c'était à ces félins qu'Eskil avait donné la jambe du mort.

Puis elle s'arrêta. Devant nous s'étendait un champ où Joe se tenait en équilibre à une main sur trois caisses en bois empilées. Au départ, il parut stupéfait, puis ce grand sourire auquel j'avais tant pensé se dessina sur son visage. Il vint à notre rencontre.

— Salut, Ellen ! Voici Maja, ma maman, dit-il en me présentant la dame qui m'avait accompagnée.

Je fus surprise : je trouvais que Maja avait l'air trop jeune pour être sa mère. Elle me serra longuement la main en me regardant gentiment :

— J'ai entendu beaucoup de bien à ton sujet.

Puis elle partit et nous laissa seuls, à la périphérie du camp. Étrangement, la situation me paraissait tout à fait normale. Je suivis Joe dans les hautes herbes. Il marchait lentement à côté de moi. Il s'arrêta, posa une caisse au sol, et nous nous assîmes.

— Tu as travaillé dur aujourd'hui ? me demanda-t-il en voyant mes mains abîmées.

— J'ai porté des planches, répondis-je.

Je souris un peu bêtement et enlevai une écharde de mon pouce.

— Elle est jolie, ta maman, et elle a l'air gentille.

Je n'osais pas le regarder dans les yeux de crainte de rougir.

— Elle est merveilleuse. J'ai de la chance de l'avoir, car les gens ici ne sont pas tous amusants.

Il rit, et la fossette apparut sur sa joue.

— Et toi, Ellen, où sont tes parents ?

En me posant cette question, il releva tendrement une mèche de cheveux qui avait glissé devant mon œil. Ce contact me fit chavirer ; je dus prendre une longue inspiration avant de répondre.

— Je n'ai pas de parents… Enfin, si, j'ai une maman, mais je ne la connais plus.

Ma gorge se noua brusquement. Joe me caressa la main et nous nous tûmes pendant un instant, jusqu'à ce que je me sente mieux.

— Elle m'a abandonnée au cirque quand j'avais six ans, mais elle ne le voulait pas vraiment, et elle m'a écrit des lettres que madame Zénitha…

Les mots jaillirent de ma bouche, et sans savoir pourquoi, je me mis à raconter toute ma vie à Joe. Il m'écouta en silence, en hochant la tête de temps à autre, mais il ne me lâcha pas la main. Une fois mon récit terminé, il me fixa profondément ; ses yeux scintillaient comme la mer au soleil.

— Tu sais, je pense que tu devrais rendre visite à ta maman et discuter avec elle, dit-il doucement.

Je sentis les larmes monter, et ma voix se mit à trembler :

— C'est impossible. Madame ne me laissera jamais partir seule. Et qui me remplacerait pour mon numéro ?

— Madame ne peut pas t'empêcher de faire quoi que ce soit. Tu es l'affiche du cirque, Ellen ! C'est de toi que tout le monde parle. C'est pour te voir que les gens achètent des places pour le cirque Formidable. Madame Zénitha dépend de toi, et non l'inverse.

— Tu crois…

— J'en suis sûr ! J'ai lu ce que disent les journaux à ton sujet : tu es une star ! Tu pourrais trouver une place dans n'importe quelle autre troupe, et ça, madame Zénitha le sait très bien.

J'étirai le dos et gonflai la poitrine. Soudain, je voyais que je n'étais plus obligée de rentrer au camp. Je n'appartenais pas à madame Zénitha, elle ne pouvait pas diriger ma vie ! Au moment où je formulais cette pensée, Joe se pencha vers moi et m'embrassa. Ce fut mon premier baiser. Je fermai les yeux et posai ma main derrière sa nuque, et j'allais glisser les doigts dans ses cheveux lorsque la caisse bascula. Nous nous écroulâmes dans l'herbe. En riant, Joe m'aida à me relever :

— Pourquoi ne t'installes-tu pas chez nous ? Le cirque Gelotti a besoin d'une funambule aussi douée que toi, et je peux t'assurer que mon oncle paye mieux que madame Zénitha.

— Tu crois qu'il m'engagerait ?

— Il faudrait le lui demander directement. Tiens, le voilà, justement.

Je me tournai et aperçus un homme musclé aux cheveux bruns qui se dirigeait vers nous. Il ne me parut nullement effrayant, plutôt aimable, même.

C'est ainsi que j'ai quitté madame Zénitha et sa troupe pour commencer une nouvelle carrière au cirque Gelotti. Et, cette fois, ce n'est pas le cirque qui m'a choisie. C'est moi qui l'ai choisi.

Épilogue

— Allez, Ellen, viens, il ne nous reste que deux heures avant la représentation !

Joe m'attrapa la main et accéléra le pas. Comme s'il avait senti mon appréhension, il me prit par la taille et me souleva :

— Tout ira bien, Ellen. Ils sont prévenus de ta visite, dit-il en me faisant tourner.

— Oui, je sais, mais ça me fait tout drôle, répondis-je en me mordillant la lèvre inférieure.

Je les vis de loin. Ils attendaient dans la cour, lui avec un bras autour de l'épaule de maman, et les enfants qui s'agitaient autour d'eux.

L'endroit était joli, exactement comme je me l'étais imaginé. Les vastes pâtures étaient couvertes de marguerites, de trèfles rouges, de boutons d'or et de bleuets.

Découvre d'autres romans de la collection

MILLEZIME

Retrouve tous les livres de Bayard Jeunesse sur :
www.bayard-editions.com

Le temps des miracles
d'Anne-Laure Bondoux

Lorsque les douaniers m'ont trouvé, tapi au fond d'un camion à la frontière française, j'avais douze ans et j'étais seul. Je n'arrêtais pas de répéter «*jemapèlblèzfortunéjesuicitoyendelarépubliquedefrancecélapurvérité*».

Je ne savais pas que mon passeport était trafiqué, et en dehors de ces quelques mots, je ne parlais que le russe. Je ne pouvais pas expliquer comment j'étais venu du Caucase jusqu'ici, dans le pays des droits de l'homme et de Charles Baudelaire.

Surtout, j'avais perdu Gloria. Gloria Bohème, qui s'était occupée de moi depuis que ma mère avait disparu. Avec elle, j'avais vécu libre, malgré la guerre, malgré les frontières, malgré la misère et la peur. Elle me manquait terriblement, mais j'ai toujours gardé l'espoir de retrouver cette femme au cœur immense, qui avait le don d'enchanter ma vie.

Une histoire d'exil bouleversante sur la vérité, le mensonge et la quête du bonheur.

http://letempsdesmiracles.bondoux.net/

Accroche-toi, Sam!
de Margaret Bechard

Traduit de l'anglais (États-Unis)
par Sidonie Van den Dries

À dix-sept ans, Sam est déjà le papa d'un petit garçon, Max. Finies les parties de foot avec les copains, les sorties... Sam doit s'occuper seul de son fils tout en continuant ses études, la jeune mère ayant abandonné le bébé. Au bout de quelques mois, Sam se rend compte qu'il est bien difficile d'être à la fois «père célibataire» et lycéen, même dans un établissement alternatif équipé d'une crèche. Cependant, grâce à Claire, un ancien amour de collège, Sam reprend espoir... Ne serait-il pas de nouveau amoureux?

Alabama Moon
de Watt Key

Traduit de l'anglais (États-Unis)
par Maïca Sanconie

Depuis sa naissance, Moon vit avec son père dans la forêt d'Alabama ; il sait chasser sa propre nourriture, se repérer grâce aux étoiles, faire du feu sous la pluie... Aussi, quand il se retrouve orphelin, il se promet de continuer à vivre en dehors du système, comme Pap et lui l'ont toujours fait.

Pourtant, malgré sa farouche détermination, le garçon est obligé d'affronter le monde extérieur. Et s'il sait tout de la vie sauvage, Moon a beaucoup à apprendre de l'humanité...

Un texte fort et poétique sur l'apprentissage de la vie en société.

Mes deux Allemagne
d'Anne C. Voorhoeve

Traduit de l'allemand par Florence Quillet

En 1988, l'Allemagne est toujours divisée en deux pays distincts, séparés par une frontière réputée infranchissable.
Lilly habite Hambourg, en Allemagne de l'Ouest, et a tout juste treize ans lorsqu'elle se retrouve orpheline. Son père est décédé quand elle était petite, et sa mère vient de mourir d'un cancer. Elle rencontre pour la première fois sa tante Lena, qui a obtenu l'autorisation exceptionnelle de quitter l'Allemagne de l'Est, où elle vit, pour se rendre à l'enterrement de sa sœur. Lilly s'attache à cette femme douce et chaleureuse et reste inconsolable après son départ. Elle n'a plus qu'elle au monde, et Lena a dû repartir de l'autre côté du Mur... Confiée à une tutrice, qui compte la placer dans une famille d'accueil pour Noël, Lilly échafaude le projet insensé de rejoindre sa tante. Elle ignore alors que le mur de Berlin tombera le 9 novembre 1989.

Une histoire poignante sur le travail de deuil, les secrets de famille, et sur les séquelles que la longue séparation des deux Allemagne a laissées à ses habitants.

Oublie les Mille et une nuits
de Marco Varvello

Traduit de l'italien par Jacques Barbéri

D'origine pakistanaise, Salima est une jeune musulmane parfaitement intégrée à son pays, l'Angleterre. Au sein de sa famille et au lycée, elle a su trouver l'équilibre entre le respect des traditions et la vie moderne d'une fille de son âge. Aussi, quand ses parents lui annoncent qu'ils iront avec sa petite sœur Shazia au Pakistan, ne se doute-t-elle de rien. Son grand-père est à l'article de la mort, et une dernière visite s'impose. Mais très vite Salima va comprendre la vraie raison de ce voyage : ses parents ont décidé de la marier avec un lointain cousin, sans lui demander son avis...

*Cet ouvrage a été mis en pages
par DV Arts Graphiques à La Rochelle*

Impression réalisée par

CPI
BRODARD & TAUPIN

La Flèche

*en novembre 2011
pour le compte des Éditions Bayard*

Imprimé en France
N° d'impression : 66804